Sabine Giebken

WOLFS PFERD

Roman

 Schneiderbuch

EGMONT

1. Auflage 2019
© 2019 Schneiderbuch
verlegt durch EGMONT Verlagsgesellschaften mbH,
Alte Jakobstraße 83, 10179 Berlin

Umschlaggestaltung und Kapitelanfang-Vignetten Designhouven | Anke Koopmann, München
Umschlagmotiv: © Anke Koopmann unter Verwendung von Motiven von shutterstock
Satz: Datagrafix GSP GmbH, Berlin, www.datagrafix.com
Printed in the EU
ISBN 978-3-505-14278-9
www.schneiderbuch.de

Unsere Bücher finden Sie im
Buch- und Fachhandel sowie im

www.egmont-shop.de

MIX
Papier
FSC FSC® C014496

Die Egmont Verlagsgesellschaften gehören als Teil der Egmont-Gruppe zur
Egmont Foundation – einer gemeinnützigen Stiftung, deren Ziel es ist, die sozialen,
kulturellen und gesundheitlichen Lebensumstände von Kindern und Jugendlichen zu
verbessern. Weitere ausführliche Informationen zur Egmont Foundation unter:
www.egmont.com

Inhalt

1. Alte Geschichten

Das Heulen erklang tief in der Nacht.

Saphira schlug die Augen auf und spitzte die Ohren. Angestrengt lauschte sie, versuchte herauszufinden, ob der Laut aus ihren Träumen stammte oder Wirklichkeit gewesen war. Ein Klagen ohne Schmerz, fast wie – ein Ruf? Da zerriss erneut ein Jaulen die Stille und hallte an den Berghängen wider.

Die Pferde um Saphira hoben alarmiert die Köpfe und drängten sich dicht aneinander. Ihre feinen Sinne spürten Gefahr, und sie begannen, sich unruhig um ihren Anführer zu scharen, den kräftigen Hengst Odin. Seine Ohren zuckten nicht nervös, er stand ganz still und horchte in die Dunkelheit. Saphira wusste, worauf er wartete: auf das verräterische Knacken im Unterholz, das Tapsen von lautlosen Pfoten … Doch nichts geschah, und der Hengst schnaubte beruhigend. Alles in Ordnung, sagte seine Körperhaltung. Ihr könnt weiterschlafen.

Aber an Schlaf konnte Saphira nicht mehr denken. Sie war hellwach und lief ein Stück von den anderen fort, um erneut zu lauschen. Aus welcher Richtung mochte das Heulen gekommen sein? Die Berge verzerrten alles, jedes Geräusch wurde vielfach zurückgeworfen, und niemand konnte hinterher sagen, wo sein Ursprung gewesen war. Doch etwas in ihr wusste, dass sie nicht in der Ferne suchen musste. Das Wesen mit der unheimlichen Stimme verbarg sich hier, in den Wäldern.

Odin brummelte warnend, und Saphira kehrte artig zu den anderen Pferden zurück. Mit dem gewaltigen schwarzen Hengst legte man sich besser nicht an, sonst wurde man aus der Herde verbannt und durfte nicht wiederkommen, bis er Gnade walten ließ. Saphira hatte sich schon einmal gegen ihn aufgelehnt, damals, als sie noch ein halbes Fohlen gewesen war und ihren jugendlichen Dickschädel durchsetzen wollte. Oh, was hatte sie gelitten in dieser Nacht, als er sie fortgescheucht hatte! Schlimme Albträume hatten sie heimgesucht, und schließlich war sie davongelaufen, fort vor ihrer Angst und der blöden Herde, die sie einfach zurückgelassen hatte. Aber ihre Menschenfreundin hatte sie wieder eingefangen. Hatte sie zurückgebracht, sie am Feuer mit Salbeiblättern und Brennnesselkraut gefüttert und ihr Geschichten erzählt, Geschichten aus der Menschenwelt, die sie von ihrer Mutter gehört hatte und die Saphira zwar nicht verstand, denen sie aber dennoch gebannt lauschte. Daraufhin hatten die Albträume aufgehört, und Saphira war reumütig und mit hängenden Ohren zu Odin gelaufen, um ihn um Verzeihung zu bitten.

Der Mond kroch zwischen ein paar Wolken hervor und ließ Saphiras Fell aufleuchten. Obwohl sie noch jung war, hatte ihr

Haarkleid dieselbe Farbe wie der Mond, Silberweiß mit ein paar unregelmäßigen hellen Flecken. Das war schon immer so gewesen, seit sie denken konnte. Die anderen Pferde hatten sie deshalb nach ihrer Geburt erschrocken angesehen, als wäre sie ein Geist oder ein böses Wesen aus einer anderen Welt. Seitdem war sie die Außenseiterin gewesen, die Geisterfarbene, die Seltsame. Saphira wusste nicht, warum das so war, warum sie so anders aussah und was daran schlimm sein sollte. Auch ihre Augen hatten eine andere Farbe als die der übrigen Pferde – am Tage schillerten sie wie blaue Bergseen, nur in der Nacht färbten sie sich dunkel wie ein Himmel ohne Sterne.

Ein Pferd prustete leise, ein anderes legte sich nieder, ein drittes juckte sich am Bein, wo eine vorwitzige Spinne es mit ihren langen Beinen kitzelte. Dann senkte sich Stille über das Tal. Die Köpfe der Herde sanken herab, und Schlaf nahm sie gefangen. Nur Odins Ohren blieben wachsam; seine Lider schlossen sich nie vollständig während der Nacht.

Saphira stand am Rand in ihrem schwarzen Schatten und rührte sich nicht. Hellwach und aufgekratzt wäre sie gern losgetobt und hätte nach dem Heulwesen gesucht, dem Tier, das sie zu sich zu rufen schien und das den anderen Pferden solche Angst machte. Was war das für ein Geschöpf, das selbst Odin aufschreckte, obwohl es nur den Mond ansang?

Komm zu mir, wisperten ihre Gedanken. Sie schloss die Augen und stellte sich das fremde Tier vor. Natürlich musste es weiß sein, von Geburt an, so wie sie. Ein Anderswesen, ein Verstoßener.

Keiner wusste, wie das war. So anders zu sein. Sie schon, denn sie lebte damit, seit sie auf der Welt war. Das fremde Tier und sie würden Freunde werden, und dann würden sie die Herde in Angst und Schrecken versetzen und ihnen zeigen, dass man mit Geisterfarbenen nicht umspringen durfte, wie es einem gefiel!

Ein heftiges Flattern rüttelte an den Zweigen zu Saphiras Seite, und sie tat erschrocken zwei Trippelschritte, bis sie an den warmen, schlafenden Körper einer alten Stute stieß, die unwillig grunzte. Saphira spähte in die Dunkelheit, doch es war nur ein junger Adler, der einen Schlafplatz in dem Strauch suchte. Keine Gefahr für ein Pferd, auch nicht für eines, das im Mondschein leuchtete.

Der Körper der alten Stute fühlte sich fast an wie der warme Leib ihrer Mutter, und neue Erinnerungen überrollten Saphira. Sie seufzte leise, dann ergab auch sie sich endlich dem Schlaf.

Die Männer am Feuer verstummten und sahen sich mit weit geöffneten Augen an.

»Habt ihr das gehört?«, fragte einer.

Die anderen nickten langsam, ungläubig.

»Wölfe«, wisperte ein anderer. »Sie sind zurück!«

Tala spürte, wie ihre Fingerspitzen zu kribbeln begannen. Wölfe! Sie hatte sich schon immer gewünscht, mal einen zu sehen, einen echten, nicht das tote Fell mit dem Riesenschädel im Zelt ihrer Großmutter Arna. Unzählige Geschichten über Wölfe machten die Runde in ihrer Familie, wurden von Generation zu Generation weitererzählt, und jeder neue Erzähler schmückte sie neu aus, und so wurden sie immer wilder und unwirklicher. Einmal, so behauptete ihr alter Onkel Calan, sei ein Wolf ins Lager gekommen, mitten in der Nacht, als sie alle schliefen. Er hatte nach Vorräten gesucht, und als er nichts fand, schlich er um die Zeltbahnen, bis er eine Lücke fand, durch die er hindurchschlüpfen konnte. Ein Mann und eine Frau schliefen in dem Zelt, tief und fest und ohne etwas von der Gefahr zu bemerken. Der Wolf hatte es auf die Kinder abgesehen, das kleinste von ihnen. Er schob seine lange, feuchte Schnauze ganz dicht an das winzige Gesicht heran und hauchte ihm seinen todbringenden Atem in die Nase.

Ihr Vater mochte die Geschichte gar nicht, er sagte, Wölfe würden keine Kinder stehlen und Calan hätte sich das nur ausgedacht, um ihnen Angst zu machen. Tala schüttelte die Erinnerung an seine Worte ab und sprang auf.

»Wo willst du hin, Kleine?« Pollo, der Anführer der kleinen Gruppe und gleichzeitig ihr Vater, streckte seine riesige Hand aus. »Setz dich wieder hin. Die Nacht ist kalt, und du wirst dir fernab vom Feuer nur die Nase abfrieren.«

»Können wir sie sehen?«, fragte Tala mit vor Aufregung zitternder Stimme. »Die Wölfe, sind sie so nah, dass wir hinreiten können?«

Pollo lachte, und auch die anderen Männer am Feuer schmunzelten. Talas Cousins, Taro, Kiran und Lino, grinsten sich zu und rollten mit den Augen. Ihr Vater legte den Pfeil zur Seite, dem er gerade eine neue Spitze geschmiedet hatte. »Aber mein Mädchen, wie stellst du dir das vor? Wölfe sind scheue

Wesen, die zeigen sich nicht, nur weil man einen Blick auf sie erhaschen möchte.«

»Außerdem sind es Jäger«, rief Calan. »Die wissen sich in der Dunkelheit zu verbergen, glaub mir. Einen Wolf siehst du nur, wenn er will, dass du ihn siehst.«

Tala war fasziniert. »Haben sie alle dieselbe Farbe? Wie ist die Form ihrer Pupille? Wie bei einem Hund? Haben Wölfe geheime Kräfte? Und warum klingt ihr Heulen so traurig?«

Pollo schüttelte den Kopf und zog seine Tochter mit sanfter Gewalt zurück ans Feuer. »Die letzten Fragen kann dir niemand beantworten. Dazu müsstest du schon einen Wolf fragen, und soweit ich weiß, ist das noch niemandem gelungen.«

»Aber …«, begann Tala, doch erneut erklang ein langgezogenes Heulen. Beeindruckt starrte sie hoch zu den Bergen.

»Sie leben in den Wäldern«, wusste der alte Calan zu erzählen. Ihr Onkel senkte seine Stimme, bis nur noch ein raues Flüstern aus seiner Kehle kam. »Dort bauen sie Höhlen, in denen sie ihre Babys zur Welt bringen. Welpen nennt man die, genau wie bei Hunden. Hilflose, kleine Bündel sind das, die tagelang am Gesäuge ihrer Mutter gestillt werden müssen, ehe sie ihre Augen öffnen und erste Ausflüge unternehmen können.«

»Also nicht wie ein Pferd«, warf Tala ein. »Pferdekinder haben die Augen schon offen, wenn sie geboren werden, und sie können ziemlich schnell stehen und laufen!«

»Das müssen sie, weil es Fluchttiere sind«, erklärte Calan. »Wölfe dagegen sind die geborenen Jäger. Die müssen sich weder fürchten noch verstecken, die können sich wehren, wenn ihnen jemand zu nahe kommt. In all den Jahren hatte der Wolf nur einen einzigen Feind, der mächtig genug war, ihn zu besiegen.«

»Wer?«, fragte Tala mit großen Augen. »Wer ist so mächtig?«

»Wir, mein Kind.« Calan lächelte traurig. »Die Menschen.«

»Aber wir tun den Wölfen doch gar nichts«, rief Tala. »Sie können in den Wäldern ihre Babys kriegen und ihre Höhlen bauen und jagen gehen, was stört es uns!«

Tala hörte die drei Jungen kichern und sah, wie sie die Köpfe zusammensteckten. Wütend stemmte sie die Hände in die Hüften.

»Mensch, Tala«, rief Taro. »Was glaubst du, wo Arna das graue Fell herhat, mit dem sie ihr Zelt ausschmückt?«

»Bestimmt hat dieser Wolf auch versucht, ein Kind zu stehlen«, warf Lino ein und tat, als wolle er nach Kiran greifen.

Tala riss erschrocken die Augen auf. »Wir – wir töten sie auch?«

»Nein«, warf Calan schnell ein. »Doch wir sind Jäger, genau wie sie. Dieser Wolf in Arnas Zelt ist uns in die Quere gekommen. Er hätte uns angegriffen, und so mussten wir uns verteidigen.«

»Also sind sie gefährlich?« Talas Stimme war rau. »Sie greifen uns an, wenn wir ihnen zu nahe kommen? Töten wir sie deshalb?«

Calan und Pollo wechselten einen Blick. »Wir töten sie nur, wenn es nicht anders geht. Du weißt selbst, wie hart die Winter hier oben in den Bergen sein können, Mädchen. Da muss man manchmal Dinge tun, die man nicht tun will, weil man sonst nicht überleben kann.«

»Aber woher wissen wir dann, dass sie gefährlich sind?« Tala sah hinauf zu den Wäldern, die in tiefer Finsternis lagen. Sie wollte diese geheimnisvollen Wölfe sehen, am liebsten sofort! »Vielleicht«, murmelte sie, »wissen wir nur zu wenig über sie. Vielleicht könnten wir sogar – Freunde sein!«

»Ein Wolf kann nie unser Freund sein«, brummte Taro. »Und wer nicht unser Freund ist, der ist unser Feind!«

Calan lächelte und nickte leicht mit dem Kopf. »Ja, ja, so denkt man schnell. Doch Tala hat gar nicht so unrecht. Es gibt noch mehr Geschichten über Wölfe! Wollt ihr eine hören?«

»Du immer mit deinen Geschichten«, murmelte Tala, aber sie setzte sich trotzdem wieder hin. Ganz nah ans Feuer, das seine knisternde Wärme schützend um sie legte.

»Oh, diese ist anders«, flüsterte Calan. »Und sie ist uralt, viel älter als ich oder Großmutter Arna. Genau genommen ist es keine Geschichte, sondern eine Legende.«

Die Jungen rückten nun ebenfalls dichter ans Feuer und starrten Calan gebannt an. Rasch umschlang Tala ihre Knie mit den Armen und versuchte, sich ihre Aufregung nicht anmerken zu lassen.

»Also gut«, begann Calan und räusperte sich. »Diese uralte Legende erzählt von einem weißen Wolf. Er war anders als seine Geschwister, klein und schwach. Weiß geboren setzte die

Sonne seiner Haut zu, und seine Augen waren so empfindsam, dass er nicht richtig sehen konnte. Während die anderen bereits draußen herumtollten, lag er nur hilflos da. Sein Rudel verstieß ihn, sie glaubten nicht, dass er überleben würde.« Calan machte eine Pause und sah in die Runde. Niemand rührte sich, alle Augen waren gespannt auf ihn gerichtet. Er lächelte leicht. »Doch eines Nachts – es war Spätherbst, genau wie jetzt – fand ihn eine Stute. Sie hatte selbst ein Fohlen und spürte, dass dieses winzige Wesen ihre Hilfe brauchte. Pferde und Wölfe sind alles andere als Freunde, doch die Stute säugte den Wolf und nährte ihn, bis der Winter kam und er groß und stark genug war, um zu jagen.«

Ein Schauder lief Tala über den Rücken. Calan hatte recht – diese Geschichte war anders. »Er hat doch nicht – er hat ihr doch nichts getan, oder?«, fragte sie. »Ihr und … dem Fohlen?«

Calan sah sie düster an, doch dann schüttelte er den Kopf. »Nein. Er tat ihnen nichts zuleide, er lief davon und verschwand in die Wälder.«

»Und sie haben sich nie wiedergesehen?«, wollte Kiran wissen. »Der weiße Wolf und diese Stute?«

Calan lächelte geheimnisvoll. »Oh doch, das haben sie! Eines Tages gerieten die Pferde in große Gefahr. Jäger kamen mit langen Speeren und trieben sie in eine Schlucht, aus der es kein Entkommen gab. Der weiße Wolf beobachtete die Szene. Er wusste, dass er allein nichts gegen die Jäger ausrichten konnte, doch als er zu jaulen begann, hallte sein Geheul so unheilvoll von den Felswänden wider, als wären Hunderte Wölfe hinter den Jägern her.«

Tala sprang abermals auf. »Er hat sie gerettet!«, rief sie. »Er hat sie in die Flucht geheult und die Pferde gerettet!«

»Genau«, nickte Calan und lehnte sich zufrieden zurück. »Der weiße Wolf hatte seine Schuld beglichen.«

Eine der Zeltplanen raschelte, dann erschien eine hübsche Frau mit langen schwarzen Haaren, die sie zu einem Zopf geflochten trug. Ihre Augen funkelten im Schein der Flammen, aber auf ihrem schönen Gesicht erschien eine Zornesfalte. Aufgebracht stemmte sie die Hände in die Hüften. »Werdet ihr Kerle wohl aufhören, meinem Mädchen Angst zu machen? Sie kann ja gleich nicht schlafen, wenn ihr so spät in der Nacht eure Schauermärchen auspackt!« Barsch winkte sie Tala zu sich und legte den Arm um sie. »Los, ab ins Bett mit dir. Wölfe sind scheu, die kommen nicht in menschliche Nähe. In meinem Stamm galten sie sogar als glückliches Omen. Weißt du, was das heißt?«

»Ein gutes Zeichen«, erwiderte Tala. Sie fühlte sich noch gar nicht schläfrig.

»Genau. Denn es bedeutet, dass sie Nahrung finden in dieser Gegend. Und wo Wölfe leben können, dort werden auch wir den Winter überstehen.«

Die Mutter holte ein Fell aus der Truhe und wickelte es Tala um die Schultern. Dann trat sie zwei Schritte zurück, tunkte ihren Finger in ein Glas mit pechschwarzer Asche, beugte sich vor und malte ein Runenzeichen auf die Stirn ihrer Tochter.

»Schlaf gut, mein Kind. Und wenn du träumst, dann nur etwas Schönes.«

2. Ein verbotener Ausflug

Tala erwachte früh, vor ihrer Mutter und ihrem Vater, die dicht aneinandergeschmiegt unter ihren Felldecken lagen. Rasch zog sie ihren Umhang über und huschte aus dem Zelt. Die Luft war schneidend kalt, und ihr Atem bildete kleine Wölkchen vor ihrem Gesicht, aber Tala störte das nicht. Sie mochte es, wenn der Winter nahte.

Im Lager war es still, bis auf die Ziegen, die auf dem Boden scharrten. Auch die Jungen schliefen wohl noch. Das war typisch für sie – tagsüber die großen Jäger spielen, aber in der Früh nicht aus den Fellbetten kommen! Tala schaute zur Feuerstelle, wo knisternd die letzte Glut ausging. Bestimmt hatten die anderen gestern noch lange um die Flammen herum gesessen und sich Geschichten von Wölfen erzählt. Ob sie die Jungen danach fragen sollte? Nein, besser nicht. Die würden ihr sowieso nichts erzählen.

Sie schnappte sich einen Eimer und lief damit zum Fluss hinunter. Calans Geschichte kam ihr wieder in den Sinn, das

Wolfskind, das von einer Pferdemutter gerettet worden war. So etwas war eigentlich unmöglich – oder doch nicht? Pferde fürchteten sich vor Wölfen, soviel wusste sie. Die Stute hätte aus Angst um ihr eigenes Fohlen vor dem Wolf davonlaufen müssen, anstatt den Welpen zu säugen. Aber war es nicht genau das, was Calans Geschichte so besonders machte? Die Stute hatte nicht nach ihrem Instinkt gehandelt, sie hatte die Hilflosigkeit des Wolfskindes gespürt und deshalb geholfen. Würde ich das auch machen?, überlegte Tala. Würde ich einem Wolf helfen, der in Schwierigkeiten steckt, obwohl ich weiß, dass er mir gefährlich werden kann?

Am Flussufer kniete Tala sich ins taufeuchte Gras und hielt ihre Hände ins Wasser. Im Nu waren ihre Finger taub, aber sie wusch sich das Gesicht und die Ohren, bevor sie den Eimer hineintauchte und bis zum Rand mit kaltem Wasser füllte. Friedliche, stille, kalte Welt! Sie blieb einen Moment lang am Ufer hocken und lauschte.

Wind rauschte durch die Blätter und flüsterte den Tieren des Waldes zu, dass der Morgen angebrochen war. Es raschelte im Unterholz, dann sprangen zwei Eichhörnchen hervor. Mit ihren langen, buschigen Schwänzen fegten sie einen Strauß Blätter zusammen, die der Herbst auf den Boden gestreut hatte. Sie keckerten und fiepten und jagten sich spielerisch über das nasse Laub. Irgendwo hoch über ihren Köpfen erklang der Schrei eines Adlers, und die beiden Eichhörnchen erstarrten in ihren Bewegungen. Dann flohen sie mit flinken Füßchen einen Baum hinauf, um in seinem Nadelkleid Schutz zu suchen.

Tala suchte mit den Augen den Himmel ab, doch der Adler war nirgends zu entdecken. Nur seinen Schrei hörte sie noch lange durch die Wipfel der Bäume hallen. Sie rieb ihre Finger aneinander, dann packte sie den Eimer, um damit zurück zum Lager zu laufen. Als sie sich umwandte, schrie sie erschrocken auf.

»Na, na. Ist dir wieder eine böse Traumgestalt erschienen, oder warum fürchtest du dich vor deiner eigenen Großmutter?«, fragte Arna stirnrunzelnd.

Tala pustete sich ein paar dicke dunkle Haarsträhnen aus dem Gesicht. »Nein, mein Traum heute war wunderschön. Trotzdem musst du mich doch nicht so erschrecken!« Sie schleicht sich an wie eine Schlange, sagte ihr Vater manchmal. Obwohl ihre Mutter mit ihm schimpfte, wenn er so über Arna redete, kam ihr die Beschreibung jetzt passend vor.

Die alte Frau, die so dicht vor ihr stand, dass Tala sie hätte berühren können, lächelte düster. »Dann kann der Tag nur schlecht werden. Schöne Träume sind zu nichts nütze.«

Tala verdrehte die Augen und drängte sich an ihrer Großmutter vorbei. Aber die alte Frau folgte ihr und blieb ihr dicht auf den Fersen. Fast schien es, als warte sie darauf, dass Tala über eine Wurzel stolperte und das Wasser sich über ihren Fellumhang ergoss, nur damit sie triumphierend danebenstehen und behaupten konnte, mit ihrer Voraussage recht zu haben.

»Hast du auch die Wölfe gehört?«, fragte Tala. Sie achtete genau auf ihren Weg und versuchte, nicht einen Tropfen Wasser zu verschütten.

»Pah. Wölfe!« Arna schüttelte sich unwirsch. »Ich sage dir eins, mein Kind. Wölfe und Menschen – das verträgt sich nicht!«

»Aber sie tun uns doch nichts«, widersprach Tala. »Mama hat gesagt, Wölfe gelten sogar als gutes Omen.«

Arna schnaubte, und ihre Augen glitzerten feindselig. »Erst ein guter Traum, dann auch noch Wölfe! Kennst du die alten Geschichten nicht? Weißt du nicht, wozu Wölfe fähig sind?«

»Oh doch«, sagte Tala, und wieder musste sie an Calans Worte denken. An diese – Legende. »Wölfe sind Wesen wie wir, sie jagen, um zu überleben. Das unterscheidet uns nicht so sehr voneinander, oder?«

»Dann hör gut zu, mein Kind. Auch ich hatte in der letzten Nacht einen Traum, aber ein schöner war es nicht. Ich sah ein Rudel Wölfe, das sich auf den Körper eines liegenden Pferdes stürzte. Sie rissen ihm das Fleisch vom Leib, und ihre Augen glühten dabei wie Feuersteine.« Arna richtete sich auf, ihr faltiges Kinn in die Höhe gereckt, und deutete zum Hügel hinüber. »Es war nicht Saphira, von der ich geträumt habe. Und doch: Du wirst noch an meine Worte denken, glaub mir! Wölfe bringen nichts als Unglück.« Damit drehte sie sich abrupt weg und stapfte zurück zum Flussufer.

»Alte Sumpfnatter«, brummte Tala. »Die immer mit ihren komischen Träumen. Aber mir kann sie damit keine Angst machen!«

Sie packte den Eimer fester und lief weiter. Arna träumte ständig von Unglück und Verrat. Niemand hörte ihr mehr zu, weil all die schlimmen Dinge, vor denen sie warnte, gar nicht passierten! Meistens zumindest nicht. Einmal, das wusste Tala noch zu genau, hatte ihre Mutter sie nicht allein zum Fluss gehen lassen, eine ganze Woche lang. Erst als die Männer mit einem erlegten Braunbären zurückgekehrt waren, durfte sie wieder am Wasser spielen. Hatte Arna sie damals gewarnt, dass ein Bär sich in ihrer Nähe aufhielt? Aber selbst wenn sie zuvor davon geträumt hätte – sie konnte den Bären auch einfach gesehen haben. Es bedeutete noch lange nicht, dass ihre Träume wirklich eine Bedeutung besaßen.

Im Lager waren die Männer und die älteren Jungen bereits dabei, ihre Pfeile in Köcher zu sortieren und ihre Reiterbogen umzuschnallen. Tala ließ den Eimer mit Wasser vor dem Zelt ihrer Mutter fallen und rannte los.

»Darf ich mitkommen?«

Pollo umfing sie mit seinen Prankenhänden. »Aber Tala. Die Jagd ist nichts für junge Mädchen! Willst du nicht lieber deiner Mutter zur Hand gehen?« Er senkte die Stimme und zwinkerte ihr zu. »Du kannst sie doch nicht mit deiner Großmutter allein lassen, wer weiß, welchen Floh sie ihr heute wieder ins Ohr setzt!«

Tala zog einen Schmollmund. »Och, bitte. Immer lässt du mich im Lager sitzen und warten. Das ist total langweilig!«

Pollo lächelte leicht. »Du wirst bald eine Frau, Tala! Frauen gehen nun mal nicht auf die Jagd. Frauen räumen auf, nähen Felljacken, kochen das Essen …«

»Dann will ich keine Frau werden.« Tala schob ihn von sich weg und verschränkte die Arme vor der Brust. »Ich hasse Kochen, und bei dieser doofen Näherei steckt die Nadel öfter in meiner Haut als in dem Leder. Dafür bin ich besser mit dem Bogen als die alle zusammen!« Sie deutete mit einem Finger auf Taro und seine Brüder, die bei dieser Aussage ein lautes Gelächter anstimmten.

Calan klopfte ungeduldig mit dem Bogen gegen seinen Stiefel. »Wir müssen los, Pollo! Beweise mal, dass du der Anführer bist, und befiehl deiner Tochter zu gehorchen.«

»Bitte, Papa«, versuchte Tala es erneut. »Lass mich mitkommen, nur dieses eine Mal! Ich beweise dir, dass ich eine Jägerin bin und keine – keine Frau!«

»Nein«, sagte Pollo, und diesmal klang seine Stimme streng. Er sah auf sie herab. »Du bleibst hier, Tala. Es ändert auch nichts, dass du meine Tochter bist. Die Jagd ist nichts für Mädchen.«

Die Jungen grinsten wieder, und Tala machte auf dem Absatz kehrt und verschwand zwischen den Bäumen. Wie sie das hasste! Immer fortgeschickt zu werden, immer das brave Töchterchen zu spielen. Ich will aber nicht herumsitzen und auf euch warten, dachte sie, ich will auch etwas tun!

Sie lief den Hügel hinauf und versteckte sich zwischen den Hagebuttensträuchern, bis die Männer auf ihre Pferde gestiegen waren und laut schwatzend das Lager verließen. Ihr Blick klebte an Odin, dem stolzen schwarzen Hengst, den ihr Vater ritt. Eines Tages werde ich Odin reiten, schwor sie sich. Dann werde ich die Horde in den Wald führen, und die blöden Jungen werden nicht mehr dämlich grinsen, sondern tun, was ich ihnen sage!

Sie wartete, bis der letzte Pferdeschweif zwischen den Stämmen verschwunden war, dann lief sie weiter zu der Wiese, auf der nur noch zwei Pferde standen: Jadin, die braune Stute, die zu alt war für die Jagd und deshalb hierblieb, um den Frauen ab und an eine schwere Last zu schleppen – und Saphira. Ihre hellblauen Glitzeraugen schauten Tala wachsam entgegen, und sie spürte wieder diese seltsame tiefe Verbindung zu diesem zu klein geratenen schneeweißen Pferd. Ihr war klar, dass Saphira ihren Ärger teilte, denn auch sie würde lieber mit den anderen Pferden gehen, als sich hier zu langweilen. Tala blieb am Rand der Wiese stehen und streckte lockend den Arm aus.

»Hallo, Saphira!«

Saphira wieherte laut, dann stieg sie hoch auf die Hinterbeine, galoppierte aus dem Stand los und buckelte zweimal übermütig. Erst kurz vor Tala bremste sie ab, und ihre Hinterhufe schlidderten dabei über das Gras. Sie schnaubte, drückte ihren Kopf ungestüm in Talas Bauch und rieb die Stirn an ihrer Brust.

Tala musste lachen. Sie packte die Ohren ihrer Stute, küsste sie auf den Schopf und merkte, wie die Wut in ihrem Bauch sich in etwas Neues verwandelte: ein tiefes, wohliges Glücksgefühl.

»Komm, wir machen einen Ausflug. Vielleicht läuft uns ein fetter Hase vor die Hufe, den wir zum Abendessen fangen können. Die anderen würden Augen machen!«

Sie trabten über ein Grasplateau in Richtung der Wälder und folgten der Spur, die die Hufe der anderen Pferde auf dem trockenen Boden hinterlassen hatten. Kalter Wind fegte durch Talas Kleider, und sie zog den Umhang, den ihre Mutter während vieler Nächte in mühevoller Arbeit für sie genäht hatte, fest über ihren Schultern zusammen. Wie immer trug Saphira keinen Sattel, sondern nur eine Decke aus Schaffell, die Tala zusätzlich wärmte.

Als sich die Baumkronen dicht und grün über ihr schlossen, verließen sie die vorgestampfte Hufspur und schlugen ihren eigenen Weg ein.

»Wenn wir ihnen folgen, gibt das nur wieder Ärger«, erklärte sie Saphira und zog den Kopf ein, um den tief hängenden Ästen der Nadelbäume auszuweichen.

Immer weiter ritten sie in den Wald, und Tala spürte Saphiras Aufregung. Die Stute schien auf etwas zu horchen, denn immer wieder spitzte sie die Ohren und lauschte ins Versteck der Schatten zwischen den Bäumen. Doch kein einziges Wesen ließ sich blicken, weder ein Hase noch ein Reh, nicht mal ein Sumpfhuhn oder ein Streifenhörnchen kreuzte ihren Weg. Enttäuscht lenkte Tala die Stute in einer Senke hinaus aus dem Wald und über ein offenes Landstück, das sich endlos vor ihnen ausbreitete.

»Na, was meinst du?«, fragte Tala, dabei spürte sie längst, was ihre Stute wollte. Sie lehnte sich ein wenig nach vorn und schnalzte mit der Zunge. Mehr brauchte es nicht – Saphira zuckte erfreut und schoss im Galopp los. Tala stieß einen Freudenschrei aus, und Saphira streckte sich, wurde lang und länger und lief mit dem kalten Wind um die Wette, ohne müde zu werden. Das war es – genau dieses Gefühl, das Tala so sehr brauchte wie die Luft zum Atmen.

Sie wurden erst langsamer, als sie die Schlucht erreichten. Saphira bremste von selbst ab und schritt ehrfürchtig die Felskante ab, die schon nach wenigen Huflängen gefährlich steil in die Tiefe abbrach. Tala drehte ihren Körper nach links, und Saphira folgte einem steilen Pfad, der genau zwischen die Felsen führte. Überall lag Geröll, und Saphiras Hufe rutschten auf dem unbefestigten Untergrund, aber sie war trittsicher genug, um den Weg trotzdem zu meistern.

Wie lange waren sie schon nicht mehr hier gewesen? Bestimmt ein halbes Jahr, seit dem letzten Frühling. Pollo mochte es gar nicht, wenn sie sich zu weit vom Lager entfernten, aber schließlich brauchte Saphira auch ihren Auslauf, und da er sie nie mitkommen ließ, musste sie sich eben anders behelfen.

Der Weg schlängelte sich immer steiler abwärts zwischen den Felsen, bis sie am tiefsten Punkt angelangt waren. Dem Grund der Schlucht. Tala hielt den Atem an.

Da waren sie. Deshalb ließ sie Saphira immer den Geröllweg in die Schlucht hineingehen – wegen der Wandbilder. Seltsame Zeichnungen, in den grauen Stein gehauen wie winzige, verwackelte Erinnerungen. Tala wusste nicht, woher sie stammten oder was sie genau darstellten, aber die Tiere mit den langen Hälsen, das waren ganz bestimmt Pferde, die hinter etwas herliefen – oder vor etwas davon? Vielleicht vor den Menschen mit den langen Armen. Die sahen nicht gerade freundlich aus. Oder flohen sie alle vor dem Monster, das in der Schlucht saß, nach oben schaute und mit geöffnetem Maul auf sie zu warten schien? Einmal hätte sie beinahe Arna danach gefragt, doch damit hätte sie auch verraten müssen, wo sie gewesen war und wie weit sie sich allein vom Lager entfernte. Da hatte sie sich lieber auf die Zunge gebissen. Ihr Vater hätte ihr sonst garantiert verboten, dass sie mit Saphira hierherkam, und das wollte Tala auf keinen Fall riskieren.

Am Ende des Felsenweges blieben sie stehen und schauten hinauf auf die weißen Gipfel der mächtigen Berge, die ringsum in den Himmel wuchsen. Dort oben pfiff der Wind unbarmherzig und trieb dunkle Wolken über das einst grüne Tal. Der Winter naht, dachte Tala, und wie zur Antwort fielen ein paar winzige weiße Flocken vom Himmel und legten sich wie glitzernde Kristalle auf Saphiras Mähne. Die Stute schnaubte und weitete die Nüstern – bald würde ihre Fellfarbe mit dem Schnee verschmelzen, und dann konnte sie überallhin gehen, wohin sie wollte, und niemand würde sie in all dem Weiß sehen!

Tala wendete Saphira wieder und wollte gerade zurück zu den Felszeichnungen, doch ein Knacken ließ sie aufhorchen. Es schien, als würde die Luft anfangen zu knistern, dann ertönte ein gewaltiger Rums, und oben, nicht weit hinter der Felskante, fuhr eine schwarze Rauchwolke in den grauen Himmel. Mit einem Mal stank die Luft, roch nach verbranntem Fleisch und schwarzer Asche, und Saphira wieherte erschrocken und stellte sich auf die Hinterbeine, zum Angriff bereit.

»Scht«, flüsterte Tala rasch und legte ihre Hand in die seidige Silbermähne. »Still, Saphira. Wir wissen doch gar nicht, was das war!«

Sie trieb die Stute in die Mitte der Schlucht, damit sie besser sehen konnte, woher der Rauch kam und was dort brannte, doch plötzlich ertönten Stimmen, ein wildes Geheul und Geschrei, und dann war das Getrappel von Hufen zu hören, vielen Hufen, und sie näherten sich schnell. Die Felswände fingen das Getrappel auf und schickten Echos davon hin und her, die sich mit dem Geschrei mischten, und plötzlich sah Tala Pferdebeine, gefährlich nah an der Felskante, und ihr wurde bewusst, dass die da oben sie ebenfalls sehen konnten – schutzlos, allein und ausgeliefert!

Tala schlug sich die Hand vor den Mund, dabei klopfte ihr Herz so laut, dass man es bestimmt bis oben hören konnte! Sie gab ihrer Stute einen wortlosen Befehl, und Saphira verstand sofort. Mit kleinen, schnellen Schritten eilte sie dicht an den Felswänden entlang, bis sie den Geröllweg erreicht hatten. Hier bildete der Fels einen kleinen Vorsprung, der wie ein Sichtschutz wirkte – und endlich wagte Tala, Saphira freien Lauf zu lassen. Die Stute kletterte so flink und geschickt den steinigen Weg hinauf, dass Tala sich festhalten musste, um nicht versehentlich von ihrem Rücken zu rutschen. Als sie endlich oben waren, erfüllte beißender Ruß die Luft. Tala hustete und versuchte, hinter der dichten Rauchwolke etwas zu erkennen, die fremden Reiter oder ihre Pferde, aber in dem Augenblick explodierte etwas, und Flammen schossen in den trüben Himmel. Für Saphira gab es nun kein Halten mehr, und Tala ließ sie laufen, laufen, bis die Öffnung der Schlucht weit hinter ihnen lag und sie wieder ins vertraute Versteck der Bäume eintauchten. Erst da drosselte Tala das Tempo.

»So ein Hasendreck«, schimpfte sie. »Endlich landen wir mal in einem richtigen Abenteuer, und sofort kriegen wir es mit der Angst zu tun!«

Saphira blieb stehen, drehte den Kopf und sah sie zufrieden an.

»Dir hat das noch gefallen, was?« Tala beugte sich vor und strich über Saphiras Hals. Sofort merkte sie, wie sich ihr heftig klopfendes Herz beruhigte. »Na, immerhin hat niemand gesehen, wie schnell wir geflohen sind!«

Am Abend lief Saphira unruhig in der Herde herum und lauschte in die heraufziehende Dunkelheit. Den ganzen Tag schon hatte sie die Ohren gespitzt und neugierig ins Dickicht gespäht, doch keine Spur von dem Heulwesen. Eine der Stuten zuckte im Schlaf, als sie versehentlich gegen ihr Hinterteil stieß, aber Saphira lief unbekümmert weiter. Wie es wohl aussah, dieses Wesen? An seiner Stimme würde sie es sofort erkennen. Sie versuchte, die Gedanken abzuschütteln, als sich ihr ein mächtiger Schatten in den Weg stellte.

Odins gelbbraune Augen blitzten im Licht der erwachenden Sterne. Warnend legte er die Ohren an, und sie wich kleinlaut vor ihm zurück. Odin folgte ihr, bis er sie an den Rand der Wiese gedrängt hatte. Saphira bekam Angst, dass er sie fortschicken würde und sie die Nacht allein und schutzlos unter den tief hängenden Zweigen der Lärche verbringen musste, als vom Menschenlager her Stimmen erklangen – vertraute Stimmen, die rasch näher kamen.

»… traust du dich doch niemals«, tönte Taro.

»Das wirst du ja gleich sehen«, gab Tala zurück, und Saphira hätte beinahe vor Freude gewiehert, als sie ihre Freundin erspähte.

Odin fuhr herum und stellte die Ohren auf, doch auch er hatte die Stimmen erkannt und sah keinen Grund, seine Herde in Alarmbereitschaft zu versetzen. Sein dunkles Fell ließ ihn in der Dunkelheit noch mächtiger aussehen als am Tag.

Vier Menschen traten auf die Lichtung, drei Jungen und ein Mädchen. Brachten sie noch mehr Heu? Aber nein, Tala trug ein Reithalfter in den Händen, und Saphira spitzte überrascht die Ohren. Nanu? Wohin wollte ihre Freundin wohl so spät in der Nacht?

Sie warf Odin einen scheuen Blick zu, aber der hatte sich von ihr abgewendet, also wagte sie ein paar Schritte in Richtung ihrer Freundin und wieherte leise zur Begrüßung.

Doch zu ihrer grenzenlosen Überraschung würdigte Tala sie keines Blickes, sondern steuerte auf Odin zu. Der dunkle Hengst ließ es zu, dass sie ihm den Lederriemen über die Ohren streifte und die Zügel über seinen Hals legte, doch Saphira konnte an seiner Haltung erkennen, dass er es keineswegs dulden würde, wenn Tala noch einen Schritt weiterging.

»Lass das lieber«, flüsterte Taro und trat vorsichtshalber zwei Schritte zurück. Er hatte Odins Blick sehr wohl bemerkt und spürte wie Saphira die Gefahr, die von ihm ausging. »Niemand außer Pollo darf Odin reiten, das weißt du doch!«

»Du kriegst einen Riesenärger«, murmelte Kiran. »Wenn du es überhaupt überlebst!«

»Genau«, warf Lino schnell ein. »Odin ist der Anführer, er lässt sich von keinem was befehlen. Schon gar nicht von einem Mädchen!«

Aber Tala beachtete die Jungen nicht mehr. Sie führte alle Handgriffe geübt aus, und nur Saphira bemerkte, dass ihre Finger dabei ganz leicht zitterten. Dann griff Tala entschlossen nach dem Zügel, sprang mit einem einzigen Satz auf Odins blanken Rücken hinauf und blieb reglos sitzen.

Ein oder zwei Herzschläge lang passierte gar nichts. Die Welt schien stillzustehen, eingefroren in der Kälte, die zwischen den Bergen ins Tal gekrochen war. Und dann geschah alles auf einmal. Odin riss den Kopf nach unten und zog Tala mit einem Ruck die Zügel aus den Fingern. Er schlug mit den Hinterhufen aus und drehte sich noch in der Luft zur Seite, sodass Tala nach seiner Mähne greifen und sich an seinem dunklen Haarschopf festkrallen musste. Saphira sah, wie ihre Freundin mit aller Macht versuchte, auf seinem Rücken zu bleiben, und es gelang ihr tatsächlich, ein paar von Odins wilden Sprüngen auszusitzen. Doch der Hengst war einfach zu stark für sie, und er war nicht bereit, sich dem Willen eines aufsässigen Mädchens zu beugen. Er stellte sich drohend auf die Hinterbeine, und Tala kugelte hilflos in den Sand, während Odins dunkle Hufe nur ganz knapp neben ihrem Kopf auf den Boden donnerten. Abermals wuchs der gewaltige Hengst auf seinen Hinterbeinen in die Nacht, seine ganze Haltung eine einzige, unerbittliche Warnung.

Saphira wieherte schrill und preschte aus dem Stand los. Schützend warf sie sich vor dem Mädchen herum und senkte den Kopf. Sie nahm es hin, dass Odin nun über ihr aufragte, dass sie von seinen Hufen getroffen werden konnte, aber der Hengst landete haarscharf neben ihr. Einen Moment glaubte sie, er würde sie beide von seiner Weide jagen, Tala und sie. Ihr Maul formte ängstliche Kaubewegungen, ein Zeichen, dass sie bereit war, sich ihm zu unterwerfen. Sie würde alles tun, brav sein, anständig stehen bleiben, nicht die schlafende Herde ärgern – wenn er nur Tala ziehen ließ!

Hinter Odin näherte sich ein weiteres Pferd. Es war Jadin, die alte Stute, die so dünn geworden war und seit einiger Zeit nicht mehr richtig laufen konnte. Sie blieb schräg zu Odin stehen und legte die Ohren nach hinten. Mehr tat sie nicht, doch mit einem Schlag veränderte sich die Stimmung, und Saphira entspannte sich ein wenig.

Odin schnaubte scharf, doch urplötzlich drehte er sich um und lief zurück zu seinem Platz am Rand der Herde. Er wirkte besänftigt, aber Saphira konnte spüren, dass er sie beobachtete und sie beim kleinsten Anlass doch noch verbannen würde.

Saphira schnaufte, dann senkte sie den Kopf und stupste Tala sanft an, um zu prüfen, ob ihre Freundin bei dem Sturz unverletzt geblieben war. Tala wirkte geknickt, aber sie rappelte sich hoch, bewegte erst das eine Bein, dann das andere, während die Jungen sich flüsternd aus den Schatten schälten und vorsichtig näher kamen.

»Du Dummchen«, tadelte Taro, doch in seiner Stimme lag ein Hauch von Ehrfurcht. »Wie kannst du auch glauben, dass Odin ausgerechnet dich auf seinem Rücken duldet!«

»Genau«, stimmte Kiran ein. Er lachte spöttisch, obwohl seine Hände zitterten. »Wenn dein Vater davon erfährt, bindet er dich drei Tage lang an einen Baum!«

Tala sagte noch immer nichts, und Saphira fürchtete schon, sie habe sich doch verletzt. Da hob sie die Hand und strich zweimal zart über ihre Nüstern. »Danke«, hauchte sie, und eine Träne rollte ihre Wange hinab, die wegen der Dunkelheit jedoch nur Saphira sehen konnte. Dann drehte sie sich abrupt um und eilte mit hoch erhobenem Kopf davon, ohne die Jungen noch einmal anzusehen, die ihr in einigem Abstand tuschelnd folgten.

Nun herrschte wieder Ruhe auf der Pferdewiese, und der Hengst schnaubte zufrieden. Saphira suchte sich ihren Platz zwischen zwei rangniederen Stuten, die sie nicht weiter beachteten. Hier war sie unsichtbar für Odin. Sie dachte an Tala und ihren verzweifelten

Blick, als sie ihr Scheitern begriff. Warum nur ist sie nicht zu mir ge-
kommen?, dachte Saphira traurig. Ich hätte sie niemals abgeworfen.
Bin ich ihr etwa nicht mehr gut genug?

Erst als der Schlaf Saphira schon beinahe übermannt hatte, er-
klang das Heulen erneut, doch diesmal verzerrten die Berge nicht
seinen Klang – das geheimnisvolle Wesen war näher gekommen.

Viel näher.

3. Der Junge ohne Stimme

Den ganzen nächsten Tag über hockte Tala im Zelt und zog sich die Decke über den Kopf. Kalter Winterwind pfiff durch den dünnen Leinenstoff und rüttelte an den Pfosten, doch Tala war es egal. Sie wollte nie mehr nach draußen gehen, niemanden mehr sehen und mit keinem mehr sprechen müssen. Ob ihr Vater schon wusste, was geschehen war? Bestimmt hatten die Jungen ihm gar nicht schnell genug von ihrer Schmach berichten können. Aber warum war er dann noch nicht zu ihr gekommen und hatte sie ausgeschimpft und damit gedroht, ihr Saphira wegzunehmen, wie er es sonst immer tat, wenn sie ungehorsam gewesen war?

Dabei wäre es so einfach gewesen. Sie hätte nur auf Odins Rücken bleiben müssen, die Bocksprünge aussitzen, dann hätte er schon irgendwann aufgegeben und sie auf sich reiten lassen. Immerhin war sie Pollos Tochter! Wer Odin reiten konnte, der hatte das Sagen. Nie mehr hätten Taro und die anderen über sie gelacht, und sie hätte auch nicht mehr dableiben und den Frauen beim Nähen zusehen müssen, wenn alle zur Jagd ritten.

Missmutig starrte Tala vor sich hin und ärgerte sich am allermeisten über sich selbst. Warum war sie nicht oben geblieben, warum hatte sie das nicht geschafft? Ob sie es noch mal versuchen sollte – heimlich, ohne die Jungen? Aber etwas, eine leise Stimme in ihrem Kopf, hielt sie davon ab. Nein, das war keine gute Idee. Überhaupt nicht. Dieser Moment, als Odin über ihr aufragte und seine Hufe so dicht über ihrem Kopf schwebten – den würde sie so schnell nicht vergessen. Der Hengst hatte sie besiegt, und das hatte er ihr auch deutlich gezeigt. Beim nächsten Mal würde er sie nicht so einfach davonkommen lassen.

Nein, sie musste zuerst lernen, wie man ein Pferd wie Odin beherrschte. Und das bedeutete nicht, dass sie an ihrer Reitkunst feilen musste – sie wusste, dass sie eine gute Reiterin war –, sondern an ihrem Auftreten. Odin hatte gespürt, dass sie aufgeregt gewesen war. Wegen Taro, Kiran und Lino, natürlich, aber auch wegen ihm. Mit diesem Gefühl durfte sie ihm niemals wieder begegnen.

Der Stoff am Eingang raschelte, dann schob sich die schlanke Gestalt ihrer Mutter ins warme Zelt. Ein Schwall eisiger Luft folgte ihr, außerdem klebten winzige Eiskristalle in ihrem langen schwarzen Haar.

»Ich bringe dir etwas zu essen«, sagte sie mit sanfter Stimme und schob Tala ein Schälchen hin, aus dem es verführerisch duftete. Sofort antwortete ihr Magen mit einem lauten Knurren.

Ihre Mutter blieb eine Weile neben ihr sitzen, dann deutete sie mit dem Kinn in Richtung des knisternden Feuers. »Komm doch mit raus«, bat sie leise und lächelte. »Weißt du, es gibt kein besseres Versteck als die Schatten. Und so ein Feuer wirft eine Menge Schatten. Na? Was meinst du?«

Aber Tala schüttelte stur den Kopf. Egal, wie nett ihre Mutter auch war, sie wollte jetzt sauer sein, auf sich und auf alle anderen auch, und sie wollte vor allem nicht ihrem Vater gegenübertreten müssen. Oder Arna mit ihren Prophezeiungen und Traumdeutungen. Und am allerwenigsten wollte sie Taro und seine Brüder sehen und den Spott in ihren Augen.

Am Morgen stellte sie sich schlafend, bis sie hörte, wie ihr Vater und die Männer das Lager verließen, um auf die Jagd zu gehen. Schnell rappelte sie sich auf, schlüpfte in ihre fellgefütterten Stiefel und lief zur Weide, wo die Kälte der Nacht den Boden in ein hartes, nutzloses Eisfeld verwandelt hatte. Nur noch zwei Pferde standen dort und scharrten mit ihren Hufen nach den letzten essbaren Grashälmchen im Boden – die alte Jadin und …

»Saphira«, rief Tala leise.

Augenblicklich hob ihre Stute den Kopf und stieß ein helles Begrüßungswiehern aus. Sie trabte herüber, und Tala angelte in ihrer Tasche nach einem Stück hartem Brot, das sie aus der Vorratstruhe ihrer Mutter stibitzt hatte. Normalerweise waren die Menschenvorräte für Pferde tabu, doch Tala nahm immer nur kleine Stückchen, sodass es niemandem auffiel. Dankbar kaute Saphira den Kanten Brot und blickte ihre Freundin mit blitzenden Augen an. Diese Augen! Nie konnte Tala sich sattsehen an ihnen. Sie funkelten blau wie ein vereister See im Schein des vollen Mondes. Es waren die ungewöhnlichsten Pferdeaugen, die Tala jemals gesehen hatte.

Ungeduldig stupste Saphira sie in den Bauch.

»Heute kein Ausflug, meine Schöne. Gedulde dich noch bis morgen, ja? Ich wage es nicht, mich schon wieder einem Verbot zu widersetzen. Lassen wir ein bisschen Gras über die Sache wachsen. Nicht böse sein, in Ordnung?«

Sie strich Saphira über die samtene Nase und stellte erleichtert fest, dass ihre Stute genug Unterwolle unter dem Haarkleid trug, um auch in der kältesten Nacht nicht zu frieren. Die Winter waren hart hier im Wald, die Tiere mussten es allein über die kalte Jahreszeit schaffen – sonst würden sie den nächsten Frühling nicht mehr erleben. Das war der Preis ihrer unendlichen Freiheit. Doch Saphira war zäh. Um sie musste Tala sich zum Glück keine Sorgen machen.

Ganz anders sah es dagegen mit Jadin aus, die immer noch vergeblich mit ihren abgelaufenen Hufen auf dem hart gefrorenen Boden herumkratzte. Die Augen der alten Stute blickten müde, und man konnte die Rippen unter ihrem Fell sehen. Sie würde es nicht schaffen, das spürte Tala – und hoffte wider jede Vernunft, dass ein Wunder geschehen und die alte Stute doch noch einen Sommer bei der Herde erleben durfte. Tala kramte in ihrer Tasche, bis sie das letzte Stückchen Brot fand, das sie sich eigentlich für den Abschied von Saphira aufgehoben hatte. Sie lief zu Jadin, hielt ihr den Leckerbissen hin und streichelte das stumpfe Fell, während die Stute bedächtig kaute. Dann ging sie zu Saphira zurück und tippte ihrer Freundin sanft auf die Nase. »Entschuldige. Aber ich glaube, sie braucht das dringender als du.«

Saphira prustete, so als hätte sie verstanden. Dann hob sie plötzlich den Kopf und spitzte die Ohren: Mehrstimmiges Hufgetrappel erfüllte die kalte Luft. Tala beugte sich vor und drückte ihr einen Kuss auf die Nase, dann lief sie rasch den Weg zurück, ehe ihr Vater mit den Männern von der Jagd zurückkehrte und sie beim Nichtstun mit ihrem Pferd erwischte.

Saphira lief ungeduldig von einer Seite der Wiese zur anderen und versuchte, das Gefühl zu deuten, das sie so plötzlich überfallen hatte. Sie erkannte die Pferde, natürlich, es war ihre Herde, ihr Schutz, da war Odin mit seinen funkelnden Augen, da die drei jungen Hengste, die von den Jungen geritten wurden. Ein vertrauter Anblick – und doch blieb da ein fremdes Gefühl.

Odin wartete neben dem Hagebuttenstrauch, während all die anderen Pferde auf die Wiese strömten. Sein schwarzes Fell dampfte, so als hätte er sich mächtig angestrengt. Auch die anderen Pferde waren erhitzt – sie mussten schnell gelaufen sein, ziemlich schnell.

Aber warum?

Saphira trat näher. Eine der rangniederen Stuten wehrte es nicht ab, als sie an ihrem Fell schnupperte, aber Saphira fuhr sofort erschrocken zurück. Da war er wieder – der Anflug von Gefahr, der unheimliche Geruch nach Feuer und verbranntem Fleisch! Genauso hatte es gerochen, als sie letztens mit ihrer Menschenfreundin unterwegs gewesen war. Sie beide hatten sich gefürchtet und waren vor dem fremden Geruch geflohen, vor den Flammen, dem lauten Geschrei.

Die Pferde scharten sich umeinander, umkreisten sich, aufgeregt, voller Unruhe. Natürlich – Odin fehlte noch. Ohne ihn fühlten sie sich ausgeliefert. Saphira trabte in die Mitte, nahm Odins Position ein und warf den Kopf nach oben, so hoch sie konnte. Dann stieß sie ein erhabenes Wiehern aus, aber es klang kein bisschen nach Odins tiefer, beruhigender Stimme – eher wie ein klägliches Winseln. Niemand beachtete sie, nicht einmal die alte Stute. Enttäuscht zog Saphira wieder Kreise um die Wiese.

Was war überhaupt mit Odin los? Warum kam er nicht, er war doch nicht verletzt? Nein, sie hievten nur etwas von seinem Rücken herunter. Eine Decke, die darauf gelegen hatte. Etwas war darin eingewickelt, und das musste schwer sein, weil sie so große Mühe damit hatten. Und dann war die Decke erst einmal wichtiger als Odin, und er musste eine ganze Weile stehen und warten, bevor Pollo endlich auf ihn zutrat, ihm die Schulter klopfte und Fell und Riemen von seinem Körper löste. Odin schnaubte befreit, schüttelte den Kopf und lief mit schnellen Schritten den Hügel hinunter auf die Wiese.

Saphira wagte nicht, sich ihm zu nähern. Dabei hätte sie so gern an ihm geschnuppert, um herauszufinden, wonach das Ding in der Decke roch. Ging die Gefahr von ihm aus? Was war darin gewesen, was war so wichtig, dass Odin es tragen durfte?

Aber niemand konnte die Fragen in Saphiras Kopf beantworten. Und dann trat der ältere Mann zu ihnen und warf ein paar Arm voll Heu an den Rand der Wiese, und eine ganze Weile dachte Saphira nicht mehr an den Gefahrgeruch, nur noch daran, wie herrlich das Heu vor ihrer Nase duftete.

Eine Weile drückte Tala sich am Fluss herum und half den Frauen beim Beerensammeln. Doch als sie später ins Lager kam, war von den Jägern niemand zu sehen. Dafür hockten die Jungen um die heruntergebrannte Feuerstelle und johlten vor Schadenfreude, als sie Tala sahen. Kiran hatte sich auf alle viere auf den kalten Boden niedergelassen und spielte wildes Pferd, während Lino ungeschickt versuchte, auf seinen Rücken zu gelangen.

»Bleib stehen, Odin, weißt du denn nicht, dass ich die Tochter vom großen Pollo bin? Als Tochter des Anführers musst du mir gehorchen!«

»Wiiiieh!«, rief Kiran und schlug mit einem Bein nach den anderen. »Aber ich bin der große Odin, und ich dulde keine kleinen, unartigen Mädchen auf meinem Rücken!«

Lino tat, als habe er einen gewaltigen Tritt abbekommen, und wälzte sich wimmernd auf dem Boden. »Au, au, hilf mir, Saphira, hilf mir!«

41

Taro und Kiran grölten und klatschten begeistert Beifall. Tala biss fest auf ihre Unterlippe und ballte die Hände vor Zorn. Sie merkte, wie Tränen über ihre Wangen rollten, aber das machte sie nur noch wütender. Sie stieß einen knurrenden Laut aus und stürzte sich auf Taro. Überrumpelt ging er zu Boden, und auch die anderen waren zu überrascht, um einzugreifen. Dann aber kapierte Taro, dass er gerade von einem Mädchen geboxt wurde, und hob abwehrend die Arme, um sie von sich wegzuschieben. »Spinnst du, Tala? Geh sofort runter von mir!«

Tala dachte nicht daran, aufzugeben. Sie prügelte wild mit den Fäusten auf ihn ein, und als Kiran hinzukam und sie wegzerren wollte, bekam auch er einen Kinnhaken ab. Nun mischte sich auch Lino ein und packte Tala von hinten, aber sie wand und wehrte sich und schrie alle Schimpfwörter, die ihr einfielen, während sie auf die drei Jungen einschlug.

»HÖRT SOFORT DAMIT AUF!«

Die herrische Stimme fegte wie ein Donner über ihre Köpfe hinweg. Augenblicklich zogen sich die Jungen zurück und schlangen verschämt die Arme um ihre Beine. Nur Tala blieb hocken, wo sie war. Sie brauchte gar nicht zu dem zornigen Gesicht hochzuschauen, sie wusste auch so, wer hinter ihr stand.

»Tala! Was soll das? Bist du von allen guten Geistern verlassen?«

Okay, er hatte also gesehen, wer angefangen hatte. Und sie konnte sich noch nicht einmal verteidigen, sonst hätte sie Dinge erklären müssen, über die sie lieber den Mantel des Schweigens hüllte. Langsam wandte sie sich um und sah ihrem Vater in die Augen.

»Es ist nichts, Papa. Nur eine Meinungsverschiedenheit.«

»Und so löst du deine Probleme, ja? Mit den Fäusten? Ja, hast du denn gar nichts von mir gelernt, Mädchen?«

Wie er das sagte – Mädchen. Wie ein Schimpfwort! Aber Tala presste die Lippen zusammen und hielt den Mund. Häuptling Pollo schüttelte unwirsch den Kopf, dann wandte er sich an die Jungen: »Lauft los und trommelt die Männer und Frauen zusammen. Alle müssen kommen, es gibt etwas Wichtiges zu besprechen! Beeilt euch!«

Das hätte ich auch tun können, dachte Tala und fühlte, wie erneut Wut in ihr aufstieg. »Warum schon wieder sie?«, fragte sie aufgebracht. »Nie gibst du mir eine wichtige Aufgabe!«

Ihr Vater trat vor und beugte sich zu ihr hinab: »Richte in deinem Zelt ein Lager her. Ein Gast wird heute Nacht bei dir schlafen, und du wirst ihn aufnehmen und ihn willkommen heißen, ist das klar?«

»Und wenn ich das nicht will?«, fragte Tala herausfordernd.

Aber Häuptling Pollo kam nicht mehr dazu, ihr zu antworten – die Jäger waren zurück. Tala konnte ihre besorgten Gesichter im Schimmer der aufziehenden Nacht nur verschwommen erkennen, doch ihre Augen, die verrieten, dass sie eben etwas Schreckliches erblickt hatten, sah sie deutlich. Einer von ihnen trug eine Decke, in die irgendetwas eingewickelt war. Es schien schwer zu sein, denn er hielt die Decke mit beiden Händen fest umklammert. Schützend presste er die Last gegen seine Brust und lud sie vorsichtig vor dem Feuer ab, das Arna bereits entfacht hatte, als der erste Stern am Himmel aufging.

Neugierig schlich Tala näher. Das Ding in der Decke lag reglos am Boden, etwa von der Größe eines mittleren Hundes oder eines Rehs, doch wieso sollte sie ein Reh in ihrem Zelt beherbergen? Tala streckte die Nase vor und versuchte, zu erschnüffeln, was die Männer mitgebracht hatten. Doch es war kein Geruch, der von der Decke aufstieg, sondern beißender Gestank. Nach verbranntem Fleisch, nach Rauch und nach Zerstörung roch es – Moment mal, diesen Gestank, den kannte sie doch? In der Schlucht, hatte sie dort nicht …?

Da regte sich der Deckenzipfel, und ein Kopf erschien zwischen den groben Leinen. Ein Kopf mit strohfarbenen Haaren, der einem Jungen gehörte. Der Kleine mochte vielleicht acht oder neun Jahre alt sein, vielleicht auch zehn, und er sah aus, als gehöre er nicht hierher. Er trug eine blaue Hose und obenrum nur ein dünnes Stück Stoff, das ihn ganz bestimmt nicht warm hielt. So guckte er auch – verfroren, verstört und vollkommen verängstigt.

»Hey!« Tala zögerte nicht. Was es auch immer mit diesem Gestank auf sich hatte, von dem kleinen Jungen drohte gewiss keine Gefahr! Sie ließ sich neben ihm in die Hocke nieder und suchte seinen Blick. »Wer bist du?«

Der Junge antwortete nicht. Er starrte sie nur angstvoll an und verkroch sich zitternd in seiner Leinendecke.

»Bestimmt ist ihm kalt.« Ihre Mutter kniete sich neben ihr auf den Boden und zog ihre Felljacke aus, um sie vorsichtig um die Schultern des kleinen Jungen zu legen. Er zuckte zusammen, aber dann schälte er sich aus der Decke, griff nach dem Fell und hüllte sich zitternd darin ein. Talas Mutter trat einen Schritt zurück und füllte warmen Tee in einen Becher, den sie dem Jungen reichte. »Hier, trink – das wärmt dich von innen!«

Tala konnte sehen, wie der Junge zögerte. Entweder, er verstand nicht, was sie sagten, oder er war so in seinem Schreck gefangen, dass er seine Sprache verloren hatte. Doch die Kälte besaß ihre eigene Sprache, und so griff er doch nach dem Becher und hielt ihn lange Zeit fest umklammert, bis er endlich trank.

»Verrätst du uns jetzt, wie du heißt?«

Aber der Junge blieb stumm, trank nur langsam seinen Tee und flackerte mit den Lidern, gerade so, als hätte ihn das Schlucken zu Tode erschöpft.

»Lass ihn«, flüsterte ihre Mutter. »Er wird reden, wenn es an der Zeit ist.«

Tala hockte sich dicht neben ihrer Mutter auf einen Baumstumpf und beobachtete den fremden Jungen. Seine blaue Hose hatte dunkle Flecken, die aussahen wie Rußspuren. Was, wenn er zu den fremden Reitern gehörte, die sie gesehen hatte? War er am Ende ein Gefangener? Aber dann würde ihr Vater doch niemals verlangen, dass sie ihr Nachtlager mit ihm teilte, oder? Sie furchte die Stirn und wartete, bis alle Männer und Frauen des Stammes um das Feuer versammelt waren. Erst dann ergriff Pollo das Wort.

»Was ich euch nun berichte, ist sehr ernst, deshalb hört gut zu. In unserer Gegend treiben gefährliche Plünderer ihr Unwesen!«

Ganz still war es um das Feuer geworden, nur das Knistern der hungrigen Flammen durchdrang die Dämmerung. Alle Augen waren auf Pollo geheftet, der eindringlich zurückblickte. »Wir jagten heute bei den Felswänden, dort, wo unsere Vorfahren bereits ihre Jagdgründe hatten. Doch wir fanden kein Wild, sondern standen plötzlich in einem ausgebrannten Lager.«

Erschrocken presste Tala die Lippen zusammen. Nur einen Tag eher, und ihr Vater hätte sie erwischt! Das war gerade noch mal gut gegangen. Dann fiel ihr wieder ein, was sie auf diesem Ritt erlebt hatte, und plötzlich wusste sie, warum der Gestank nach Feuer und Verbranntem sie an Gefahr erinnerte – sie hatte diese Gefahr am eigenen Leib gespürt, selbst Saphira war mit fliegenden Hufen davor geflohen!

»Was war das für ein Lager?«, fragte eine der Frauen besorgt.

»Ein einzelnes Tipi«, brummte Calan. »Es können höchstens drei oder vier Menschen dort gehaust haben.«

Die Frau machte große Augen. »Die Menschen – waren sie … waren sie tot?«

Calan wechselte einen Blick mit Pollo. »Das wissen wir nicht. Wir haben nur jede Menge Knochen gefunden – von kleinen Tieren. Vielleicht haben sie das Lager schon vorher verlassen.«

»Viel war ohnehin nicht mehr übrig davon«, fuhr Pollo fort, »die Plünderer hatten alles von Wert mitgenommen. Wir ritten über die Ebene und suchten nach Spuren, doch unsere eigenen Hufabdrücke vermischten sich mit denen der Räuber. Dafür fanden wir etwas anderes.« Er senkte den Blick und sah nun auf den Jungen herab, der sich so klein machte, als würde er am liebsten im Erdboden verschwinden. Immerhin hatte er nun aufgehört zu zittern.

»Und wenn er zu denen gehört?«, fragte Großmutter Arna mit kratziger Stimme. »Wenn der Junge eine Falle ist?«

»Er saß frierend in einer Felsspalte«, berichtete Pollo. »Die Räuber hatten alles mitgenommen, was ihm nützen könnte. Wir konnten ihn nicht zurücklassen.«

»Schickt ihn fort«, knarrte Arna. »Er gehört nicht hierher!«

Talas Mutter sprang auf die Füße und stemmte empört die Arme in die Hüften. »Wirst du wohl still sein? Wir schicken doch kein Kind fort, egal, wer es dort zurückgelassen hat!«

»Warum fragen wir den Jungen nicht einfach, was passiert ist?«, wollte eine der anderen Frauen wissen.

Calan richtete sich räuspernd auf. »Weil er nicht spricht. Kein Wort. Vielleicht ist er stumm, vielleicht versteht er unsere Sprache nicht. Deshalb bleibt er erst einmal bei uns.«

Arna stand urplötzlich auf und verließ die Feuerstelle. Doch kaum hatte die Dunkelheit ihr Gesicht verschluckt, wandte sie sich noch mal um und raunte: »Das Unglück folgt ihm nach wie ein Schatten. Ich kann es riechen. Er hat sich mit den bösen Geistern angelegt! Schickt ihn fort, solange ihr könnt!«

»Red keinen Unsinn, alte Frau«, sagte Calan leise. »Du machst bloß den Kindern Angst!«

»Ihr werdet noch an meine Worte denken«, prophezeite Arna mit Grabesstimme. Dann verschwand sie in der Nacht.

4. Schneefeuer

Tala reckte die Nase in die Höhe, als sie am Morgen erwachte. Irgendetwas … hatte sich verändert. Kalt war es geworden! Außerdem roch die Luft anders als zuvor. Schnell schälte sie sich aus ihren Felldecken und robbte zum Zelteingang, schob die Bahnen zur Seite und traute ihren Augen kaum: Dicke Plusterflocken segelten sacht wie Federn zu Boden, aber da war kein Boden mehr, nur eine weiche weiße Decke aus frisch gefallenem Schnee. Er begrub den Weg unter sich, die Sträucher und sogar die Bäume, von denen man nur noch die Unterseiten der Äste unter dem kalten Guss hervorblitzen sah.

So schön das aussah, Tala wusste, nun begann die schwere Zeit. Ein neuer langer, harter Winter stand ihrer Familie bevor. Sie liebte den Schnee, liebte es, den Flocken zuzusehen und ihre Kälte mit der Zunge einzufangen, aber sie war zu alt, um sich nur an der Schönheit zu erfreuen, ohne zu begreifen, welche Opfer sie forderte.

Das Leben der alten Stute, zum Beispiel. Sofort wurde Tala ganz kalt in der Brust. Die Stute, die seit Wochen nichts zu fressen fand, die immer magerer geworden war – ob sie die Schneenacht überlebt hatte? Es kostete Kraft, bei diesen Temperaturen im Freien warm zu bleiben. Und die alte Stute hatte kaum Reserven übrig. Sie musste ihr helfen, musste ihr Futter bringen, irgendetwas! Tala wollte schon aufspringen und zum Vorratszelt laufen, da fiel ihr Blick auf die tief schlafende Gestalt, die dicht neben ihrem Lager ruhte. Der Junge! Den hatte sie vor lauter Schnee völlig vergessen. Vorsichtig und mit angehaltenem Atem schlich sie näher an ihn heran und beugte sich über ihn.

Wie friedlich er aussah! Und kein bisschen böse. Neugierig betrachtete sie seine seltsam hellen Haare, die sich im Nacken leicht kräuselten. Noch nie zuvor hatte sie jemanden mit solchen Haaren gesehen. Auf seiner Nase und seinen Wangen klebten lauter winzige braune Pünktchen. Sie fand, dass er ziemlich niedlich aussah, und überhaupt, was sollte so ein kleiner Junge schon anrichten, schließlich waren sie ihm weit, weit überlegen! Er könnte etwas stehlen, flüsterte eine Stimme in ihrem Kopf. Etwas Wertvolles, wie … ihren Fellumhang. Oder Arnas Wolfsfell. Oder … Saphira! Tala schüttelte sich ein wenig. Nein. Ihre Mutter hatte dafür gesorgt, dass er die Nacht durchschlief und keinen Unsinn anstellte. Aber wie immer kriegte sie die Warnungen ihrer Großmutter nie ganz aus dem Kopf. Ob Arna sich nur wichtigmachen wollte? Warum hatte sie das nur gesagt? Sie kannten den kleinen Jungen doch gar nicht, und solange er schwieg, hatte er auch noch nichts Böses angestellt.

Eines aber wusste Tala: Hätten sie auf Arna gehört und den Jungen fortgeschickt, hinaus in die Kälte und den frischen Schnee, ganz allein – er hätte diese Nacht nicht überlebt.

Sie streckte die Hand aus und berührte ganz sacht eine strohfarbene Locke. Hm. Fühlte sich genauso an wie ihr Haar. Ob sie ihn wecken sollte? Nein, bestimmt hatte ihre Mutter eine extrastarke Kräutermischung in den Tee gegeben, damit er lange und friedlich schlafen würde. Solange er stumm wie ein Fisch war und dazu noch schlief, konnte sie auch getrost zu Saphira schleichen!

Die weiße Stute stand wie immer ein wenig abseits der Herde, und weil ihr Fell dieselbe Farbe hatte wie die weiß geflockte Landschaft rundherum, musste Tala zweimal hinschauen, ehe sie das kleine Pferd unter einer schneebedeckten Lärche entdeckte. Saphira schlug freudig mit dem Kopf, kam näher und stupste sie ungeduldig mit der Nase in den Bauch.

»He, was ist los? Findest du kein Futter mehr, weil überall Schnee liegt? Aber Saphira, du musst mit deinen Hufen danach scharren, dies ist doch nicht dein erster Winter.«

Tala sah sich um. Die anderen Pferde standen dicht gedrängt beieinander und starrten hinauf zu den Wäldern. Wunderschön sahen die Berge aus, versteckt unter einer weichen

Decke aus jungem Schnee, und doch sirrte die Luft plötzlich unheilvoll.

»Habt ihr was gehört? Eine Lawine?« Tala legte eine Hand auf Saphiras Rücken und spürte ihre tröstliche Körperwärme.

Da zerschnitt ein klagender Ruf die Luft, ein tiefes, lang gezogenes Heulen.

»Wölfe«, flüsterte Tala andächtig. Wie nah sie gekommen sein mussten! Ob sie doch noch einen zu Gesicht bekommen würde? Saphira schien dasselbe zu denken, denn sie löste sich von Tala und trabte erwartungsvoll in die Richtung, aus der das Geräusch erklungen war. Die anderen Pferde drängten sich noch dichter zusammen, und Odin schritt mit aufgestelltem Schweif und wachsam erhobenem Kopf um die Herde herum, zeigte, dass er auf sie achtgab und sie sich keine Sorgen zu machen brauchten.

Tala lauschte angestrengt, doch die Wölfe blieben jetzt stumm. Oder war es nur ein Wolf gewesen? Ob sie zum Lager kommen würden, um ihre Vorräte zu stehlen? Wagten sich Wölfe überhaupt in menschliche Nähe?

Nach einer Weile gab Saphira auf und bezog wieder Stellung unter der schneebeladenen Lärche. Nur ihre Ohren blieben wachsam und lauschten in die Stille. Tala steckte ihr einen halben Kanten Brot zu, dann suchte sie nach der alten Stute, die am Rande der Herde stand und mit ihrem Körper ein Jungpferd vor der Kälte schützte. Sie steckte ihr rasch die zweite Brothälfte zu und passte auf, dass ja kein Krumen davon verloren ging.

Wenig später kehrte sie ins Lager zurück. Dort herrschte bereits Aufbruchstimmung. Tala rannte auf Calan zu, der gerade die Bogen verteilte. »Darf ich mit? Bitte, Onkel, ich kann euch helfen, ich kann das wirklich, Saphira ist rasend schnell, und wir brauchen doch so viele Vorräte wie möglich, nun, da der Winter da ist …«

»Aber Tala, auf dich wartet heute eine viel wichtigere Aufgabe! Du musst dich um den Jungen kümmern. Stell es geschickt an und versuche, ihm ein paar Worte zu entlocken.« Calan sah sich nach Pollo um, dann beugte er sich zu Tala herunter und flüsterte: »Vielleicht kannst du deinen Vater damit umstimmen.«

Taro und die anderen Jungen steckten ihre Pfeile in die Köcher und grinsten Tala schadenfroh zu. Sie streckte ihnen die Zunge raus und lief zum Zelt zurück. Babysitter spielen für das Findelkind! Was für eine große Aufgabe. Und ausgerechnet vor den Jungen hatte er das sagen müssen! Wütend wollte sie ins Zelt stürmen, doch drinnen redete jemand im Flüsterton. Tala blieb wie angewurzelt stehen und spitzte die Ohren.

»Versprich, dass ihr nicht so lange fortbleibt.« Das war die Stimme ihrer Mutter.

»Was ist los mit dir? Lässt du dir Angst machen von den Traumgeschichten einer alten Frau?« Häuptling Pollo lachte leise.

»Nein«, antwortete ihre Mutter ernst. »Aber die Räuber, die machen mir Angst. Die sind eine ziemlich reale Bedrohung, meinst du nicht?«

»Calan wird heute bei euch sein und aufpassen, dass euch nichts geschieht«, verkündete Pollo. »Ab sofort wird jeden Tag einer der Jäger im Lager bleiben.«

»Das ist gut«, hörte Tala ihre Mutter antworten. »Aber ich sorge mich nicht nur um uns, sondern auch um dich und die Männer.«

Ein paar Augenblicke blieb es still, dann sagte ihr Vater: »Wir sind zurück, bevor es dunkel wird.«

Saphira sah die anderen Pferde davonziehen und stieß ein enttäuschtes Wiehern aus. Wie gern wäre sie mit ihnen gelaufen! Bestimmt ritten sie in den Wald, um nach dem Heulwesen zu suchen. Seit Saphira am Morgen seine Stimme gehört hatte – so seltsam dumpf über all dem Schnee –, lauschte sie ständig in den Wald. Es hatte so nah geklungen, so nah! Sie musste es einfach sehen, nur einmal!

Sie wartete, bis die anderen Pferde zwischen den Bäumen verschwunden waren. Odin lief zum Glück ganz vorn, er war beschäftigt damit, den rechten Weg zu finden. Vor ihm musste sie sich in Acht nehmen. Aber die anderen – die würden sie gar nicht sehen, denn jetzt im Schnee war sie ein unsichtbares Wesen, sie konnte überallhin gehen!

Auf einmal berührte sie etwas am Bein. Saphira sprang herum, aber es war nur Jadin, die sie sanft anstupste. Etwas in ihren Augen

54

gefiel Saphira gar nicht, aber sie hatte keine Zeit, sich damit zu be-
schäftigen. Nicht jetzt!

Die anderen Pferde hatten die Waldgrenze überschritten.

Traute sie sich? Ganz allein?

Saphira warf der alten Stute einen letzten Blick zu. Zögerte noch
einmal. Und galoppierte los.

Der Junge saß vor der Feuerstelle, als Tala zu ihm trat. Er hielt
eine Tasse umklammert, aus der ein warmer Duft aufstieg –
Ziegenmilchbrei mit getrockneten Früchten. Tala hockte sich
einfach neben ihn.

»Hallo! Na, gut geschlafen?«

Er antwortete nicht. Natürlich nicht. Hatte sie auch nicht
anders erwartet. Tala beschloss, ihn so lange zu nerven, bis er
irgendwas sagte oder machte.

»Ich hab auch nicht gut geschlafen. Hab ziemlich viel Ärger momentan, weißt du?« Sie schielte in seine Richtung, ob
irgendeine Art von Reaktion kam, aber der Junge starrte nur
in seinen Becher.

»Soll ich dir erzählen, was ich gemacht habe?« Tala senkte ihre
Stimme. »Du darfst es aber niemandem verraten! Ach, aber das
machst du ja nicht. Du redest ja mit niemandem. Dann bist du
also der perfekte Geheimnisbewahrer, und ich kann dir jetzt alles gestehen, was ich je angestellt habe, und brauche keine Angst
zu haben, dass mein Vater davon erfährt!« Tala kicherte, dann
wurde sie aber gleich wieder ernst und sah sich verstohlen um.

Kein Erwachsener in unmittelbarer Nähe. Durfte sie dem Jungen wirklich vertrauen? Nun, mit dieser Geschichte konnte sie ihn auf die Probe stellen. Die war ja sowieso nur zur Hälfte geheim.

»Ich habe versucht, auf Odin zu reiten«, raunte sie. Und dann streckte sie ihren Finger aus und malte ein Pferd in den frischen Schnee. »So groß ist er – und das bin ich. Verrückt, oder?« Sie berichtete, wie die Jungen über sie gelacht hatten, was sie nur noch mehr angestachelt hatte. Wie Odin zuerst ganz still gestanden hatte und plötzlich zum Wildpferd geworden war. Und sie erzählte, wie es sich angefühlt hatte, von ihm behandelt zu werden wie ein kleines Mädchen, das es nicht wert war, auf seinen Rücken zu steigen. Genau dasselbe Gefühl hatte sie nämlich bei ihrem Vater auch oft.

»Was ist mit deinem Vater?«, fragte sie den Jungen. »Ist der auch so streng?«

Eine Weile passierte nichts, und Tala öffnete schon den Mund, um erneut loszulegen da hob der Junge die Hand und griff nach dem Löffel, der halb in der Tasse versunken war. Eine Träne löste sich aus seinem Augenwinkel und kullerte über seine fleckige Wange, eine Träne, bei der Talas Brust ganz eng wurde. Dann begann der Junge zu essen, Löffel um Löffel von dem Brei, bis die Tasse leer war.

Tala wartete, bis er fertig war. Und selbst dann konnte sie kaum sprechen, weil noch immer ein Kloß in ihrer Kehle steckte. »Was ist mit deiner Familie?«, fragte sie flüsternd. »Ist sie – ist ihnen etwas passiert?«

Ganz sacht, kaum wahrnehmbar, nickte der Junge. Und Talas Herz machte einen Sprung. Er verstand sie – und das hieß, sie hatte es geschafft! Nun ja, fast. Dann erst wurde ihr bewusst, was er ihr eben mitgeteilt hatte, und sie verschluckte sich und musste heftig husten.

»Aber – aber dann müssen wir sie suchen, wir helfen dir, wir finden sie schon, du wirst sehen, du musst nur mit uns sprechen, weißt du? Rede doch, dann wird alles einfacher!«

Ihre Mutter trat aus dem Zelt, einen zweiten Becher mit Ziegenmilch-Früchtebrei in der Hand. Sie reichte ihn Tala und schüttelte den Kopf.

»Er wird reden, wenn er bereit dazu ist. Dränge ihn nicht.«

»Aber …«, begann Tala.

Ruckartig stand der Junge auf. Er stellte seine Tasse ab und floh regelrecht ins Zelt zurück. Tala starrte ihm fassungslos nach. »He«, rief sie. »Ich bin hier, ja? Ich warte, bis du bereit bist! Ich warte …«

Aber als sie ihren Brei aufgegessen hatte und nachschauen ging, war der Junge bereits eingeschlafen. Missmutig stapfte Tala eine Spur zur Grillstelle, wo nun ein winziges Feuer im Schnee brannte. So ein Mist! Sie hatte ihn beinahe so weit gehabt! Immerhin hatte sie eine Reaktion von ihm bekommen. Auch wenn eine Träne keine schöne Antwort war – immerhin war es eine Antwort.

Auf einmal hörte sie Hufgetrappel, halb verschluckt vom Schnee. Sie schaute hoch und sah ein Pferd, das mit fliegender

Mähne ins Lager galoppiert kam. Ein Pferd? Nein, es waren zwei! Auf dem ersten saß Kiran und machte ein grimmiges Gesicht. Er hielt ein Seil in der Hand, dessen Ende um Saphiras Hals geschlungen war.

Tala sprang hoch und stolperte über ihre eigenen Füße, so eilig hatte sie es, zu ihrer Stute zu kommen.

»He, was machst du mit ihr?«

»Ich mache gar nichts mit ihr! Sie ist uns nachgelaufen, ja? Einfach so! Pollo war ganz schön sauer.«

»Warum?«, fragte Tala überrascht. Saphira lief nicht davon, niemals. Oder zumindest hatte sie es noch nie getan.

»Frag doch deine verrückte Stute!« Kiran löste das Seil und schnalzte einmal mit der Zunge. »Pass besser auf sie auf, Tala! Wenn sie noch einmal bei uns auftaucht, wird dein Vater sie davonjagen!«

Erschrocken legte Tala ihre Arme um Saphiras Hals. »Was machst du denn, Dummchen? Du darfst doch nicht einfach weglaufen! Hattest Angst so allein, was? Also schön. Ich bleibe bei dir. Hier kann ich ja sowieso nichts tun.«

Sie griff sich einen Eimer, nahm Anlauf und schwang sich auf Saphiras Rücken hinauf. Zusammen ritten sie zum Fluss hinunter, wo Tala zwei dicke Forellen fing. Saphira machte keine Anstalten mehr, wegzulaufen, aber die ganze Zeit über schwirrte ein Gedanke durch Talas Kopf: Wenn der fremde Junge jetzt nicht bei mir gewesen wäre ... dann hätte ich geglaubt, er hätte Saphira gestohlen und wäre mit ihr auf und davon geritten. Ich kenne ihn nicht, aber ich hätte ihn ohne Weiteres für einen Dieb gehalten!

Das war nicht fair. Und auch nicht sehr gastfreundlich.

Aber das mulmige Gefühl blieb. Es klebte an ihr wie zu fest gekochter Brei und ließ sich einfach nicht abschütteln.

Was ist geschehen?, dachte sie, wieder und wieder. Was ist so schrecklich, dass er nicht darüber reden kann? Oder … darf er es nicht?

5. Der Überfall

Drei Tage später war Tala immer noch nicht weitergekommen. Sie erwachte vor dem Jungen, lief los, um nach Saphira und den Pferden zu sehen, doch sobald sie ins Zelt zurückkehrte, war er verschwunden. Meist fand sie ihn am Fluss, wo er ziellos umherstreifte und in Richtung der Wälder starrte. Manchmal zweifelte sie daran, dass er sie wirklich verstehen konnte, denn mal reagierte er auf ihre Anweisungen, mal nicht. Auch beteiligte er sich nicht an den alltäglichen Arbeiten im Lager, immer hockte er nur da und starrte vor sich hin. Es schien, als würde er in seiner eigenen Welt leben und sie gar nicht wirklich wahrnehmen. Oder, dachte Tala, er traut uns nicht – so, wie auch wir vorsichtig sind.

Manchmal glaubte sie sogar, der fremde Junge würde sie heimlich beobachten, doch immer wenn sie zu ihm herumschnellte, starrte er nur in den Wald wie zuvor. Dann redete sie sich ein, das alles glaube sie nur, weil Arnas Worte wie ein leises Echo durch das Lager schwebten und einfach nicht verstummen wollten. Die alte Frau jedenfalls ging dem Jungen aus dem Weg, als hätte er die Pest oder eine noch schlimmere Krankheit.

Am dritten Tag nach seiner Ankunft machte Tala sich auf die Suche nach ihm, fest entschlossen, ihm diesmal eines seiner Geheimnisse zu entlocken. Sie fand ihn oben auf dem Hügel, der die Koppel überblickte, wo er unter dem Hagebuttenstrauch hockte und zu der alten Stute hinuntersah.

»Sie ist sehr alt«, sagte Tala laut. »Sie wird diesen Winter nicht überleben.«

Erschrocken fuhr der Junge zusammen und starrte sie an. Sein Gesicht war schneeweiß, und seine strohfarbenen Haare waren voller Schneeflocken. Er sah aus wie ein Wintergeist, und vielleicht war er das ja auch – schließlich hatte er den Schnee angelockt.

Tala ließ sich in die Hocke nieder und fragte sich, wo das Pferd des Jägers wohl war – jeden Tag musste einer von ihnen im Lager bleiben und Wache halten, und deshalb standen tagsüber nun drei Pferde auf der Wiese. Heute aber nicht. Tala runzelte die Stirn, dann deutete sie mit dem Finger auf Jadin. »Sie war einmal die Anführerin der Herde. Aber das ist schon ewig her, das war, bevor ich geboren wurde.« Sie seufzte. »Ich bringe ihr manchmal etwas zu essen, ein Stück Brot oder so. Aber das reicht nicht. Sie friert. Sie schafft es nicht, ihren Körper warm zu halten. Meine Großmutter sagt, es ist nicht grausam, in der Natur zu erfrieren, wenn die Zeit dafür gekommen ist. Es ist nur grausam, allein zu sterben.«

»Sie h-h-hasst mich.«

Tala war so überrascht vom Klang seiner Stimme, dass sie beinahe rücklings den Hang hinunterrutschte. Dann riss sie die Augen auf, als ihr klar wurde, was das bedeutete. Der Junge war nicht stumm, und er verstand sehr wohl ihre Sprache! Also doch. Und sie hatte es geschafft! Sie hatte ihn tatsächlich zum Sprechen gebracht!

Erst nach einer Weile fiel ihr wieder ein, was er gesagt hatte.

»Sie … nein, das stimmt nicht«, redete sie schnell drauf-los, so, als wäre nichts Ungewöhnliches geschehen, als würden sie sich schon die ganze Zeit miteinander unterhalten. Aber ihr Herz pochte so laut dabei, dass sie sicher war, er müsste es hören. »Sie hasst dich nicht, sie hat nur Angst vor allem Unbekannten. Und manchmal, da … hm.« Tala verstummte, biss sich auf die Lippe. Durfte sie ihm davon erzählen? Aber warum nicht, vermutlich würde er ihr sowieso nicht glauben. »Manchmal, da hat sie Träume. Seltsame Träume, die dann plötzlich wahr werden! Nicht alle, natürlich. Die meisten sind nichts als Geschwätz, und viele von uns nehmen sie auch gar nicht mehr ernst. Aber ich weiß, dass sie manchmal etwas Wahres träumt. Und diese Warnungen, die darf man nicht ignorieren.«

Der Junge legte den Kopf schief. »Hat sie v-v-von mir g-g-geträumt?« Er redete sehr langsam, betonte jede Silbe überdeutlich, so als wäre ihm das Sprechen fremd geworden. Und außerdem stotterte er.

Tala lächelte. »Willst du mir nicht zuerst einmal verraten, wie du heißt? Ich bin Tala, aber das weißt du ja schon. Und mein Pferd« – Tala deutete auf einen Umriss im Schnee, der alles war, was man von der Albino-Stute in all dem Weiß erkennen konnte – »heißt Saphira.«

»J-J-Jacob«, sagte der Junge. Er schaute an sich hinab, hob die Hände, die ebenfalls blass und fast durchscheinend wirkten. Er könnte sich mit seiner weißen Haut fast ebenso gut im Schnee verbergen wie Saphira!

»Hallo, Jacob«, flüsterte Tala zurück. »Ich bin total froh, dass du endlich mit uns sprichst!« Als er nicht antwortete, redete sie weiter. »Die Jäger haben dich bei den Felsen aufgelesen, richtig? Den Felsen über der Schlucht. Wie lange warst du schon dort? Hast du zu den Menschen gehört, die in dem ausgebrannten Lager gelebt haben? Aber wieso wussten wir nichts von euch? Wie lange wart ihr schon dort? Weißt du, ich habe nämlich auch ein Geheimnis. Eines, das du niemandem verraten darfst, versprochen? Ich war da, an dem Tag, als die Räuber kamen. Sie brannten das Lager nieder, und ich habe alles mit angehört, unten in der Schlucht! Ich darf nicht so weit weg reiten, nicht allein, aber Saphira und ich wollten uns nur die Zeichnungen im Fels ansehen und dann – dann waren da plötzlich diese Stimmen und eine Explosion, und als Rauch aufstieg und die Stimmen näher kamen, da – da haben wir es mit der Angst zu

64

tun bekommen und sind geflohen.« Tala schluckte schwer. »Ich bin gar nicht auf die Idee gekommen, nachzusehen, ob jemand Hilfe braucht.«

Jacob starrte sie erschrocken an, und etwas in seinem Blick ließ sie plötzlich frösteln. War er etwa dabei gewesen? Hatte er zu ihnen gehört, zu diesen fremden Reitern, hatten sie ihn dort zurückgelassen, weil …

Ein schrilles Wiehern zerriss die Stille. Tala schob das Geäst zur Seite und spähte den Hügel hinunter. Saphira stand immer noch gut verborgen unter der Lärche, nur ihre Ohren spannten sich vor Aufregung. Jadin aber galoppierte mit hoch aufgestelltem Schweif am Rand der Wiese entlang und schickte ihre schrillen Rufe in die verschneiten Wälder.

Es klang wie ein Warnschrei.

»Da stimmt was nicht!« Tala sprang auf die Füße und wollte losstürmen, den Hügel hinunter, ins Lager hinein, aber etwas hielt sie zurück. Ein Gefühl, ein Pochen. Sie spürte es durch den Schnee und ihre Fellschuhe bis tief in ihren Körper hinein.

Das Lager sah aus wie vorhin, als sie es verlassen hatte; friedlich schlummernd in der Winterstille. Zwei Frauen saßen vor einem Zelt und nähten an neuen Fellumhängen. Sie unterhielten sich fröhlich, doch ganz plötzlich hoben sie die Köpfe und starrten zum Wald hinauf. Tala blieb stehen. Nun hörte sie es auch – ein Rauschen, so als würde ein schwerer Sturm durch den Schnee auf sie zupflügen. Nur dass die Luft absolut still stand und sich nicht ein Zweig bewegte. Etwas kam auf sie zu – etwas, das den Schnee aufwühlte, etwas, das schnell war, so schnell, dass es jeden Augenblick hier sein musste …

Die Pferde sah Tala zuerst. Ihre wilden Mähnen wirbelten im Takt der Galoppsprünge, und einen Moment dachte sie: Die werden noch auf dem schneeglatten Boden ausrutschen! Aber dann fiel ihr Blick auf die Männer. Schwarze Tücher verbargen ihre Gesichter, nur ihre Augen blitzten hervor. Sie trugen dunkle Kleidung und schwarze Felle, und ihren Pferden hatten sie richtige Sättel aus Leder umgeschnallt. Kaum hatten sie den Waldrand erreicht, stießen sie ein lautes Geheul aus, und einer nach dem anderen jagte den Hügel hinunter.

Genau auf das Lager zu.

Tala stand wie erstarrt. Sie hörte die schrillen Schreie der Frauen, das wilde Gejohle, irgendwo das ferne Wiehern eines Pferdes – aber sie konnte sich nicht bewegen.

Das erste Pferd erreichte die Zelte, gefolgt von einem zweiten, dritten, vierten. Im Nu strömten die fremden Reiter in das Lager hinein. Mama, dachte Tala, Mama, wo bist du? Sie musste hier weg, noch hatten die schwarzen Reiter sie nicht gesehen, sie musste … Da packte sie jemand von hinten um die Hüfte und stieß sie zu Boden. Ehe sie wusste, was mit ihr geschah, hatte sich eine Hand auf ihren Mund gepresst. Sie wollte schreien, aber die Hand drückte ihr die Luft ab. Strampelnd wehrte sie sich, bekam Schnee ins Gesicht, Zweige voller Dornen, bis sie merkte, dass sie mitten in dem Hagebuttenstrauch lag. Die Hand vor ihrem Mund lockerte sich ein wenig, jemand beugte sich über sie und raunte: »Still. Sei ggg…ganz still, Tala!«

Tala rappelte sich ein Stück hoch und drehte sich wütend zu ihrem Angreifer um. Zu ihrer Überraschung war es Jacob, der sie mit großen Augen anschaute.

»Was soll das, spinnst du?« Tala machte sich von ihm los, wagte aber nicht, ihr Versteck zu verlassen. Immer mehr schwarze Reiter fielen in das Lager ein. Tala versuchte, sie zu zählen, doch es waren einfach zu viele.

Jacob gab einen erstickten Laut von sich und kroch noch tiefer in den Strauch hinein. Die harten Zweige bohrten sich in Talas Nacken, trotzdem folgte sie ihm. Die Horde Reiter johlte immer lauter, während ihre Pferde durch das Lager trampelten. Die Frauen kreischten und versuchten verzweifelt, ihre Felle und Stickereien zu retten – doch die fremden Reiter waren übermächtig. Sie zerrten den Frauen die Sachen aus den Armen, rissen mit langen Stöcken die Zeltwände ein und griffen sich alles, was sie finden konnten: die warmen Felldecken, an denen die Frauen so lange genäht hatten; die Jagdwaffen, welche die Männer in mühevoller Kleinarbeit abends am Feuer hergestellt hatten; die Vorräte, die den ganzen Herbst lang emsig gesammelt und sorgsam getrocknet worden waren – all das stopften sie in große Leinensäcke, banden es an ihre Pferde und nahmen es mit. Einer fing sogar die Hühner ein, die sich unter einem zusammengefallenen Zelt versteckt hatten, und steckte sie ebenfalls in einen Sack. Hinter ihren Masken sahen sie sich um, suchten Dinge, die es sich noch zu stehlen lohnte.

Tala spürte, wie heiße Tränen über ihre Wange liefen. Wie konnte sie nur hier hocken und hilflos mit ansehen, wie die Räuber ihr Zuhause plünderten? Sie sah, wie ein Mann – oder war es eine Frau? – nach der Box mit Runen griff, die ihrer Mutter gehörte und die sie so sorgsam hütete. Das war zu viel! Ehe ihr Verstand ihre Wut einfangen konnte, war sie schon aufgesprungen und kämpfte sich aus der Umklammerung des Strauches.

Eine helle Hand legte sich fest um ihren Unterarm. Jacob sah so verängstigt aus, dass sie zögerte. Sie konnte ihn unmöglich allein zurücklassen.

Tala hörte auf zu kämpfen und drückte sich zurück unter die Zweige. Voller Zorn sah sie zu, wie einer der Räuber eine Fackel entzündete und die verbliebenen Zelte damit in Brand steckte. Wo war nur der Jäger – der Jäger, der Wache halten sollte? Warum war er nicht hier?

Noch einmal umrundeten die schwarzen Reiter das, was von ihrem Lager übrig geblieben war, dann gab einer von ihnen einen Befehl, und kurz darauf stoben sie so dicht an dem Hügel und dem Hagebuttenstrauch vorbei, dass der aufwirbelnde Schnee ihr die Sicht nahm und sie die Augen schließen musste, bis es vorbei war. Sie hörte noch, wie ein Pferd angstvoll wieherte, dann wurden die Schreie der Reiter immer dumpfer, und endlich verloren sich die Hufschläge in der Ferne, und nur das unheilvolle Knistern der Flammen blieb zurück wie eine böse Erinnerung.

Tala wischte sich mit dem Ärmel über die Augen. Nur langsam kehrte das Leben in ihre starren Glieder zurück. Sie zwängte sich unter dem Hagebuttenstrauch hervor und robbte ins Freie. Überall klebte Schnee, in ihren Haaren, ihrem Nacken, er bedeckte ihr Fell und war in die Stiefel gerutscht. Aber der Schnee war gerade ihr kleinstes Problem. Tala machte ein paar Schritte auf das Lager zu, oder besser: auf die traurigen Überreste ihres Lagers. Zeltgerippe, Fellreste und geplünderte Vorratskisten wurden gnadenlos vom Feuer verspeist. An einem Baumstamm baumelte ein zerschnittener Strick – daran waren vorhin noch zwei Ziegen angebunden gewesen, die jeden Morgen herrlich fettige Milch gegeben hatten. Tala starrte auf das Bild der Zerstörung, bis ihr auf einen Schlag so schlecht wurde, dass sie sich umdrehte und zwischen ihre Füße erbrach.

Sie hatten alles mitgenommen, alles. Selbst die Tiere. Die Tiere! Ein kalter Schreck fuhr durch Talas Bauch. Nein! Das konnte nicht, das durfte einfach nicht sein! Sie schluchzte verzweifelt auf, dann machte sie kehrt und rannte den Hügel wieder hinauf, wo sie bis eben noch in ihrem Versteck ausgeharrt hatte. Den Hügel, der das Lager von der Pferdewiese trennte.

Oh bitte, bitte nicht, flehte sie – bitte nicht Saphira!

Die Wiese, auf der sie eben noch die alte Stute beobachtet hatten, lag leer und verlassen im Schein der Wintersonne.

Glitzernd sammelte sich der Schnee in den Kuhlen, die die Pferde mit ihren Hufen gegraben hatten.

Doch es scharrte kein Pferd nach Gras.

Denn es war überhaupt kein Pferd mehr da.

6. Nicht ohne Saphira!

*Saphira hatte die fremden Reiter schon lange vor Tala gehört, und
sie erkannte auch ihre Stimmen wieder – und gleichzeitig kam die
Erinnerung an das zurück, was sie mit sich brachten. Das Feuer.
Die Schreie. Den Geruch nach Tod. Sie schauderte, und als Tala
wegrannte, lief sie zu Jadin hinüber, die ebenfalls zum Wald hinauf-
lauschte. Sie drehte ihren mageren Körper so, dass Saphira dahinter
in Deckung gehen konnte, und ein Gefühl der Geborgenheit über-
kam sie. Die alte Stute würde aufpassen, dass ihr nichts geschah. Sie
wusste, wie das ging.*

*Wenige Augenblicke später brachen die fremden Reiter aus
dem Wald. Ihre Pferde schäumten von dem schnellen Ritt, ihre
Augen wirkten gehetzt und verängstigt. Man hatte ihren Willen
gebrochen, erkannte Saphira – sie trugen ihre Reiter nicht wie
Odin Pollo trug, so voller Stolz. Sie gehorchten, weil sie es mussten. Am liebsten wäre sie hinübergelaufen und hätte nachgesehen,
was die Reiter mit ihnen anstellten, aber etwas hielt sie zurück.
Menschen, das wusste sie, waren keine seltsam gewachsenen*

Pferde. Es waren Raubtiere. Ihre Augen lagen zu dicht beieinander. Und auch wenn Tala ihre Freundin war und sie keinerlei
Angst vor ihr verspürte, so blieb die Furcht vor den Menschen,
dieselbe Furcht, die sie eben in den Augen der fremden Pferde
gesehen hatte.

Mit einem Mal dröhnten angriffslustige Schreie los. Saphira
hörte ihre Menschenfreunde schreien, aber sosehr sie auch lauschte – Talas Stimme war nicht darunter. Jadin zuckte nervös mit den
Ohren, und nun wurde auch Saphira unruhig. Sie galoppierte ein
Stück auf und ab, wusste nicht, woher die Gefahr kam – bis wie aus
dem Nichts zwei Reiter auf ihrer Koppel auftauchten. Sie ritten auf
gewaltigen Hengsten, die durch den Schnee pflügten wie Odin und
die Erde zum Beben brachten. Die maskierten Männer und ihre
riesigen Pferde machten Saphira Angst, aber zu ihrer Verwunde-
rung stoppten sie jäh, und die Männer sahen sich fast enttäuscht auf
der Wiese um.

»Verdammt«, hörte sie einen von ihnen rufen. »Nur die alte
Krüppel«

»Was machen wir?«, fragte der andere und zog ein Seil hervor.
»Nehmen wir sie trotzdem mit?«

Der andere kniff die Augen zusammen. »Ja«, sagte er schließlich.
»Befehl ist Befehl!«

Sie sehen mich nicht, schoss es Saphira durch den Kopf. Kann es
wirklich sein? Bin ich für sie unsichtbar im Schnee? Sie hielt den
Kopf gesenkt, damit ihre blau glänzenden Augen sie nicht verrieten,
und wagte kaum zu atmen.

Die Männer knoteten das Seil zu einer Schlinge, dann begannen sie, Jadin zu jagen. Sie hatte nicht den Hauch einer Chance gegen die beiden Hengste, aber sie versuchte dennoch zu fliehen, oder vielleicht wollte sie die beiden auch nur von Saphira fortführen, um sie zu schützen. Dann lag die Schlinge um ihren Hals, und die alte Stute ging in die Knie vor Schmerz. Einer der Männer zog seine Peitsche hervor und versetzte ihr einen kräftigen Schlag auf die Hinterhand. Sie zerrten ihr wehrloses Opfer mit sich und verschwanden mit ihm in die Richtung, aus der sie gekommen waren.

Saphira hob den Blick. Noch immer stand sie still und reglos in ihrem Schneeversteck. Angst und Schreck saßen tief, aber gleichzeitig erwachte da noch ein neues Gefühl in ihr, ein Beben, das ihren ganzen Pferdekörper erschütterte.

Und bevor sie verstand, was sie da fühlte, galoppierte sie los.

Tala sah zu, wie ihr Vater durch das niedergebrannte Lager schritt und die Verwüstung begutachtete. Sein Gesicht blieb starr wie eine Maske, doch sie spürte seine unbändige Wut nur zu deutlich.

Die Frauen hatten sich in den Wäldern versteckt, bis die Räuber davongaloppiert waren. Gegen die Übermacht der Reiter hatten sie nichts ausrichten können, außerdem fürchteten sie sich davor, selbst verschleppt zu werden. Talas Mutter war mit Großmutter Arna am Fluss gewesen, um zu waschen. Als sie die Schreie und das Gejohle aus dem Lager gehört hatte, war sie sofort hinaufgerannt, aber da stand ihr Zuhause schon in Flammen. Und der Jäger, der eigentlich Wache halten sollte und von den Schreien angelockt aus den Wäldern zurückgaloppiert war, hatte nur die schutzlosen, frierenden Frauen vorgefunden.

Inzwischen war erneut Schnee gefallen und hatte das verbliebene Feuer gelöscht. Und nun sah man das volle Ausmaß der Zerstörung. Abgebrannte Zeltstangen und verkohlte Tierhautreste dort, wo vorher ihre Behausungen gestanden hatten. Die Räuber hatten alles mitgenommen, die warmen Felldecken, auf denen sie geschlafen hatten, ihre selbst genähten Kissen und Mäntel und die Kleider, die von den Frauen in kleinen Truhen aufbewahrt worden waren. All die Windspiele, Flechtarbeiten, Tontassen und Holzspielzeuge lagen achtlos zertreten am Boden verstreut. Die Jäger schritten durch das Lager und schüttelten fassungslos die Köpfe. Eine der Frauen schluchzte, die anderen redeten leise miteinander.

Talas Mutter sah sich suchend um. Als sie Tala auf dem Hügel entdeckte, kam sie mit schnellen Schritten zu ihr und schloss sie in ihre Arme.

»Komm mit mir, Tala. Du brauchst keine Angst mehr zu haben, sie sind längst alle fort!«

Aber Tala schüttelte die Arme ihrer Mutter ab und wich ein paar Schritte vor ihr zurück. Ihre Augen waren voller Tränen.

»Ich hab keine Angst! Ich will nicht mitkommen. Ich werde nirgendwo mehr hingehen, nicht ohne Saphira.«

Ihre Mutter seufzte. Dann streifte sie ihre Fellweste ab und legte sie Tala um die Schultern. »Ich kann verstehen, wie dir zumute ist. Saphira ist wie eine Schwester für dich, nicht wahr? Deine allerbeste Freundin.« Sie strich Tala übers Haar, als neue Tränen kamen, küsste sie auf die Stirn, schmiegte ihre Wange an ihre. »Noch ist nichts verloren«, flüsterte sie in Talas Ohr. »Dein Vater wird sich etwas einfallen lassen. Wir holen uns Saphira zurück! Die Wut der Männer ist riesig, spürst du es nicht? Nun weine nicht. Hilf uns, Tala. Wir alle haben etwas verloren, was uns lieb und teuer war.«

Die Frauen begannen, aus den Gerippen und Stoffresten ein notdürftiges Lager für die Nacht zu errichten. Felle, die als Sättel gedient hatten, wurden aufgeschnitten und zurechtgenäht. Die Jungen wurden losgeschickt, um Feuerholz zu sammeln, während Calan mit zwei Männern alles an Waffen zusammensuchte, was er finden konnte. Nur der Jäger, der seinen Posten verlassen hatte, stand mit herabhängenden Schultern zwischen ihnen und sah so elend drein, als würde er jeden Augenblick vor Scham im Boden versinken.

Tala zog die Fellweste ihrer Mutter fest um ihre Schultern. Sie fror entsetzlich, was natürlich von der Traurigkeit kam, doch vor allem heulte sie vor Wut, weil sie nur zitternd im Hagebuttenstrauch gesessen hatte, während die Plünderer ihr das Liebste nahmen, das sie besessen hatte. Sie wusste, ihre Eltern hatten im Augenblick andere Sorgen. Und es war ihre Pflicht, ihnen zu helfen. Aber sie konnte nicht klar denken, sie fühlte nur dieses riesige schwarze Loch in ihrer Brust. Sie wollte Saphira zurück!

Weil erneut Tränen in ihre Augen schossen, drehte sie sich um und rannte den Hügel hinunter. Auf der zugeschneiten Wiese standen die Pferde der Jäger um Odin herum und kauten ihr Heu. Odin fraß nicht, sondern lauschte aufmerksam in die dunklen Wälder. Tala wusste, was er gehört hatte, denn ihre Ohren hatten es auch vernommen: das Heulen. Die Wölfe trieben sich noch immer in der Gegend herum, doch ihre Stimmen klangen fern, so als wüssten sie genau, dass es hier nichts mehr für sie zu holen gab.

Pollo ritt mit Calan und zwei weiteren Männern noch einmal los. Tala beobachtete vom Hügel aus, wie sie sich ohne Sättel auf ihre Pferde schwangen und einer Spur aus abgeknickten Ästen in den Wald folgten, die Köcher mit den Pfeilen darin fest um ihre Oberkörper geschlungen. Pollo wird sie finden, dachte sie, er wird sie finden, er muss sie finden! Ihre Beine zitterten mit einem Mal so sehr, dass sie sich hinknien musste, mitten in den Schnee. Es geschah ihr ganz recht, dass sie nun fror. Warum hatte sie nichts unternommen? Die Pferde versteckt, während die Räuber das Lager plünderten, oder mit Saphira versucht, sie daran zu hindern? Nicht einen Herzschlag lang war es ihr in den Sinn gekommen, dass sie Saphira mitnehmen könnten. Sie hatte sich von Jacobs Furcht anstecken lassen und vergessen, wer sie war: die Tochter des Häuptlings.

Tala stand auf. Sie schüttelte den Schnee ab und wischte sich die Tränen ab. Entschlossen straffte sie ihre Schultern. Saphira, dachte sie. Wenn du dort draußen bist, wenn du lebst – dann finde ich dich wieder.

Ich schwöre es.

Bei meinem Leben!

7. Jadin

*Saphira blieb keuchend stehen. Ihre Flanken bebten vor An-
strengung – so schnell war sie in ihrem ganzen Leben noch nicht
gelaufen! Doch sie hatte es geschafft, sie hatte die fremden Pferde
verfolgt, bis ihre Reiter eine Rast einlegten, um ihre Beute zu be-
staunen. Gut, dass sie in letzter Zeit so oft den anderen gefolgt war.
Inzwischen war sie schon ziemlich gut darin, sich nicht gleich er-
wischen zu lassen.*

*Vorsichtig schlich Saphira an die Pferde heran. Sie war gegen den
Wind gelaufen, sodass die anderen sie nicht wittern konnten, und
auch jetzt hielt sie sich im Dickicht der Bäume verborgen. Hoffentlich sehen sie mich nicht, dachte sie, und in diesem Augenblick war sie
froh über ihre Geisterfarbe.*

*Jadin stand schwer atmend zwischen den zwei mächtigen Hengs-
ten. Gehetzt hatten die sie, bis sie kaum noch auf ihren müden Beinen stehen konnte. Saphira hätte ihr gern zugewiehert, damit Jadin
wusste, sie war hier, ganz in ihrer Nähe, und dass sie kommen und
sie befreien würde – doch sie durfte sich nicht verraten. Sie wusste,*

wenn die Hengste sie ebenfalls einkesselten und vor sich hertrieben, hatte sie ihre Chance verspielt, jemals wieder zu Odin und ihrer Menschenfreundin zurückzukehren.

Die Männer zogen die Masken von ihren Gesichtern, und plötzlich sahen sie aus wie ganz normale Menschen. Gar nicht mehr so gefährlich. Doch sie lachten dröhnend und prahlten lautstark mit ihrer Beute, und Saphira drängte sich noch weiter in den Schutz der Bäume. Wie nur sollte sie Jadin befreien, wo die beiden Hengste doch wie Leibwächter um sie herumstanden? Helft mir, rief sie lautlos in den kalten Wald hinein, bitte, helft mir doch!

Das Geräusch, das aus dem Dickicht drang, ließ die Menschen verstummen, schlagartig, ohne Vorwarnung. Ein Heulen, das tief aus dem Schlund der Berge zu kommen schien. Saphira hob den Kopf. Diese Stimmen – die kannte sie doch? Dem Heulen folgte ein Knurren, laut und drohend, in das sich ein zweites, drittes und viertes mischte, und schließlich waren da so viele Stimmen, dass selbst ihre feinen Ohren nicht mehr sagen konnten, zu wie vielen Tieren sie gehörten.

»Das sind Wölfe«, hörte sie den Anführer der Räuber rufen. »Wir sehen besser zu, dass wir aus ihrem Gebiet verschwinden, solange es noch hell ist!«

»Was soll ich mit der alten Krücke machen?«, rief ein anderer. »Die hält uns nur auf!«

Saphira, die gebannt auf das Rufen der Wölfe gelauscht hatte, schrak hoch. Schnell sah sie zu Jadin hin, die sich nun hilflos zu

*Boden gleiten ließ. Sie kümmerte sich nicht um die Peitschenhiebe,
die sie trafen, und auch nicht um das warnende Schnauben der
Hengste, die noch immer an ihrer Seite wachten. Sie konnte nicht
mehr; der schnelle Ritt war zu viel für sie gewesen. Ihr Körper ver-
sagte ihr den Dienst.*

*»Lass sie hier«, befahl der Anführer barsch. »Wird sie eben Futter
für die Wölfe. Vielleicht hält sie das ab, uns zu folgen!«*

*Saphira blieb in ihrem Versteck, bis die dumpfen Hufgeräusche
der Bande vom Wald verschluckt worden waren. Dann erst wagte
sie es, zu der alten Stute zu laufen. Sanft stupste sie die Gefährtin
mit der Nase an und pustete ihr in das verschwitzte Fell.*

*Jadin ließ ein Stöhnen hören. Wie schwach sie war! Kaum den
Kopf heben konnte sie mehr. Saphira stieß sie fester an und machte
ein paar Schritte weg von ihr, in die Richtung, aus der sie gekommen waren. Zurück, zu Odin. Der sie beschützen konnte, wenn die
Wölfe kamen.*

*Doch die alte Stute rührte sich nicht. Schwer sank ihr Kopf zu
Boden, wo er reglos liegen blieb. Ihre Lider flackerten, und ihre Ohren klappten kraftlos zur Seite.*

*Saphira konnte kaum glauben, was sie da sah. Sie war doch
den ganzen weiten Weg gelaufen, um Jadin zu retten! Und nun
sollte sie einfach so zusehen, wie sie starb? Dann aber verstand sie.
Jadin war gerettet worden, vielleicht nicht von ihr, aber von den
Wölfen. Sie würde nicht von den beiden Hengsten zu Tode gehetzt
werden, sie durfte hier in Frieden sterben. Das war immerhin ein
kleiner Trost.*

Oder?

Wieder ertönte das unheilvolle Heulen, es schien nun von überall zu kommen. Saphira wieherte angstvoll und sah sich wild um. Die Wölfe – sie waren hier, sie würden sich auf ihr wehrloses Opfer stürzen und …

Jadin schaute sie noch einmal aus müden Augen an. Ihre Lider schlossen sich, und ihr Atem ging nun ganz ruhig. Und Saphira begriff, was gleich geschehen würde. Sie senkte den Kopf. Mit einem Mal fiel alle Furcht von ihr ab, und ihr Herz schlug ganz gleichmäßig, wie das der alten Stute. Sacht berührte sie ihre Nüstern und hauchte ihr einen Abschiedsgruß zu. So blieb sie stehen, bis Jadin ihren letzten Atemzug getan hatte.

Wieder erklang das Heulkonzert, vielstimmig und sehr, sehr nah. Saphira lauschte gebannt und sah sich um. Da! Ein Schatten im Unterholz, ein zweiter folgte rasch. Sie schlichen auf die Lichtung, blickten sich um, witterten. Wie Hunde sahen sie aus, riesige Hunde mit wirrem Fell von grau-schwarzer Farbe. Doch ihre Augen glänzten golden, und Saphira wusste genau, dass kein Hund auf der Welt solche Augen hatte.

Auch die Wölfe hatten einen Anführer, und wie Odin lief er so lange um die Lichtung herum, bis er seine Gefährten in Sicherheit wusste. Dann passierte alles auf einmal, graue und schwarze Fellbündel fielen über den toten Körper der alten Stute her und rissen große Stücke Fleisch aus ihrem Körper. Ihr hungriges Schlabbern und Knurren hallte wie ein unheimliches Konzert durch die aufziehende Dämmerung.

Saphira presste sich eng gegen einen Baum. Ihre Instinkte trieben sie davon, und doch konnte sie kaum den Blick von den Riesenhunden lösen. Aus dem Dickicht kroch nun ein letzter Wolf auf die Lichtung, und beinahe hätte Saphira vor Erstaunen laut gewiehert. Spielte die Erschöpfung ihr einen Streich? Der Wolf, der nun lautlos zu der Beute huschte, hatte schneeweißes Fell, genau wie Saphira! Nur seine Augen glühten blutrot im milchigen Schein des Mondes.

Der Anführerwolf hob plötzlich den Kopf und starrte in ihre Richtung. Seine Lefzen zogen sich zurück, und ein warnendes Knurren drang aus seiner Kehle. Ihr Pferdeinstinkt schrie nach Flucht, jetzt, sofort – aber sie musste ihn einfach noch einmal ansehen. Einmal ... den Geisterwolf.

Dann wirbelte sie herum und floh schnell wie der Wind vor den hungrigen Jägern.

Die Nacht war längst angebrochen, als Odin und die anderen Pferde auf die Wiese zurückkehrten. Tala sah, wie ihre erschöpften Leiber dampften. Kein Wunder, sie waren durch den Tiefschnee gestapft. Besonders bergauf, durch die Wälder, konnte das richtig anstrengend sein. Noch immer fiel sachter, stiller Schnee und deckte all ihre Hoffnung mit kalter Klarheit zu, denn die Männer waren ohne die erbeuteten Sachen zurückgekommen.

Und auch ohne Saphira.

»Willst du die ganze Nacht hier stehen und warten?«

Tala schaute auf. Pollo trat zu ihr und reichte ihr einen Becher mit warmem Fichtennadel-Tee. Eigentlich wollte sie nichts nehmen, ihre Trauer verbat es ihr, sich zu wärmen, doch der kalte Wind hatte ihre Finger längst taub gemacht, und so griff sie wortlos nach dem verbeulten Becher und nippte vorsichtig an der heißen Flüssigkeit. Sofort merkte sie, wie sich Müdigkeit wie ein Schleier über sie breitete.

»Ihr habt sie nicht gefunden«, stellte sie mit rauer Stimme fest.

Pollo schüttelte den Kopf. »Wir konnten ihrer Spur bis in den Wald folgen. Dann teilte sich die Gruppe, ritt in verschiedene Richtungen. Ich nehme an, damit wollten sie uns verwirren. Was nicht nötig war, denn auf offener Flur haben wir ihre Spur ohnehin verloren. Der frische Schnee hatte jeden Hufabdruck längst zugedeckt.«

Tala starrte ihn an. »Aber – aber ihr gebt doch jetzt nicht auf, oder? Wir müssen weitersuchen, wir suchen die ganze Nacht, wenn es sein muss! Und diesmal komme ich mit! Wir suchen den ganzen verdammten Wald ab, jeden Berggipfel, und es ist mir egal, wie kalt es ist oder wie müde ich bin oder hungrig …«

»Es ist Nacht, Tala. In der Nacht ist es gefährlich in den Wäldern. Nicht nur für ein Mädchen.«

»Das ist mir egal!«

Pollo lächelte traurig. Er legte seiner Tochter die großen Hände auf die Schultern und sah ihr fest in die Augen.

»Sie kommt zurück, da bin ich sicher. Saphira ist zäh. Die lässt sich nichts befehlen, das hat sie schließlich von dir gelernt!« Tala verzog die Lippen und senkte den Kopf.

Ihr Vater seufzte. »Deine Mutter reißt mir den Kopf ab, wenn ich dich wissentlich in Gefahr bringe, Tala. Verstehst du nicht, wie froh ich bin, dass dir nichts geschehen ist? Mein erster Gedanke, als ich die Verwüstung sah, galt dir – und ich danke den Waldgöttern dafür, dass sie dich und deine Mutter beschützt haben.«

Jetzt musste sie doch wieder heulen, und ausgerechnet vor ihrem Vater! »Ich bin die feigste Häuptlingstochter, die es gibt«, schluchzte Tala. »Ich habe nichts getan, um sie aufzuhalten, mich nur in diesem blöden Busch versteckt und zugesehen! Sogar die Runen von Mama haben sie geklaut, ich habe es gesehen und nichts dagegen gemacht!«

Pollo hob ihr Kinn an, sodass sie ihn anschauen musste. »Aber was hättest du denn gegen eine ganze Bande von Räubern ausrichten können? Glaub mir, Tala, ich halte dich nicht für feige. Du hast genau richtig gehandelt.«

»Ich hätte meinen Bogen und die Pfeile holen und ihnen Löcher in die Hintern schießen sollen!«

»Das wäre aber nicht mutig gewesen, sondern ganz schön dumm.«

»Ich bin aber lieber dumm als feige!«

Ihr Vater verzog den Mund zu einem halben Lächeln. »Ich habe gehört, du hast versucht, Odin zu reiten?«

Oh nein. Nicht das! Tala wich seinem Blick aus und murmelte etwas Unverständliches.

»Niemand würde es wagen, Odin zu reiten. Die Jungen nicht, selbst Calan saß noch niemals auf seinem Rücken. Glaub mir, Tala, du bist das mutigste Mädchen, das ich je gesehen habe!«

Nun schoss eine Hitzewelle durch Talas Körper. Ob das vom Tee kam oder von den Worten ihres Vaters, war ihr eigentlich egal, denn es tat gut, so gut! Sie straffte sich, dann schaute sie ihm wieder in die Augen.

»Beim nächsten Mal sehe ich nicht tatenlos zu, wenn uns etwas zustößt!«

»Es wird kein nächstes Mal geben«, brummte Pollo. »Dafür sorge ich!«

»Und morgen suchen wir weiter, ja? Morgen finden wir Saphira!«

Pollo führte sie zurück in das zerstörte Lager, wo Tala sich sofort auf die Suche nach Jacob machte. Seit Saphiras Verschwinden hatte sie sich nicht mehr um den Jungen gekümmert. Nun fand sie ihn an dem großen Feuer, das die Männer in der Feuerstelle errichtet hatten, um die Kälte der Nacht zu vertreiben. Er hielt seine Arme um die Beine geschlungen und starrte mit leerem Blick in die Flammen.

»Du weißt, wer die waren, oder?« Tala ließ sich neben ihm auf den Boden niedersinken und schob die Fellweste unter ihren Po. »Ist das die Bande, die euer Lager überfallen hat?«

Jacob schaute nicht hoch, und Tala glaubte schon, er würde wieder den stummen Jungen mimen. Dann aber nickte er: »S-s-sie sind b-b-böse. Und gefährlich!«

»Was ist geschehen?«, flüsterte Tala. »Was ist mit deiner Familie passiert?«

Ein Zittern überlief Jacobs schmalen Körper. Er löste seinen Blick immer noch nicht von den Flammen und sprach mit schneller, leiser Stimme, als fürchte er, das Böse abermals herbeizubeschwören, wenn er es verriet.

»Wir sind schon eine ganze Weile in der G-g-gegend. Wegen der Wölfe. Meine Eltern sind Forscher, also folgten wir ihrer Spur bis in die W-w-wälder. Unten im Dorf haben sie uns vor den Plünderern gewarnt, aber mein Vater hat nur g-g-gelacht und gesagt, wer sein halbes Leben unter Wölfen verbringt, der weiß, wie man sich verborgen hält.«

»Aber das hat ihm nichts genutzt«, vermutete Tala mit großen Augen. »Sie haben euch trotzdem gefunden.«

»In der Nacht, als die Wölfe zum ersten Mal h-h-heulten.« Jacob schüttelte sich und zog die Schultern hoch. »Sie klangen so nah, als schlichen sie direkt um unseren Lagerplatz herum! Meine Eltern sind l-l-losgelaufen, um ihre Spur zu suchen. Ich blieb allein zurück. Aber am M-m-morgen waren sie immer noch nicht zurück, und ich bekam Angst, ihnen k-k-könnte etwas zugestoßen sein.«

»Du bist doch nicht allein in den Wald gelaufen, um sie zu suchen?«, fragte Tala erschrocken.

»D-d-doch.« Jacob schaute auf. In seinen Augen schimmerten Tränen, die er tapfer fortblinzelte. »Ich lief los und suchte überall, aber ich v-v-verlor ihre Spur. Als ich zurückkam, sah ich die fremden Reiter, die unseren L-l-lagerplatz plünderten. Schnell versteckte ich mich hinter einem Baum. Sie nahmen alles mit, unsere Kleidung und die K-k-karten, die Aufzeichnungen von meiner Mutter, alles! Ich hatte s-s-solche Angst, dass ich zurück in den Wald lief, so tief, bis ich mich verirrte. Ich bin gelaufen, immer weiter, damit ich nicht einschlafe und erfriere. Erst am nächsten M-m-morgen fand ich zurück und suchte in den Resten vom Lager nach etwas E-e-essbarem.« Er schluckte schwer. »V-v-vor den Jägern wollte ich mich verstecken, aber dein Vater hat mich gefunden. Ich w-w-weiß nicht, was ich sonst getan hätte.«

Tala biss sich auf die Lippe. Der arme Jacob! Was musste er für eine schreckliche Angst gehabt haben. »Denkst du, die Räuber haben deinen Eltern etwas angetan?«

Die Flammen des Feuers spien tanzende Funken in Jacobs Schoß, aber er rührte sich nicht. Er war so in seiner Verzweiflung gefangen, dass er den Schmerz gar nicht wahrnahm. »Ich w-w-weiß es nicht. V-v-vielleicht haben sie sich verirrt, wie ich. Ich h-h-habe solche Angst um sie, Tala! Es ist kalt da draußen, und sie haben nichts mehr, um sich aufzuwärmen, kein Zelt mehr und auch k-k-kein Essen!«

»Aber dann müssen wir sie suchen!« Tala packte ihn am Arm. »Gleich in der Früh, wir müssen es meinem Vater sagen, er muss einen Suchtrupp losschicken! Weißt du, was ich denke? Wir müssen nur das Versteck der Räuber aufspüren, dann finden wir auch deine Eltern!«

Ein Schatten fiel auf Jacobs Gesicht, und Tala sah hoch. Vor ihnen stand Arna, die sich wieder einmal so lautlos genähert hatte, als würde sie über den Boden schweben, anstatt ihre Füße zu benutzen. Tala spürte, wie ihre Handflächen feucht wurden, denn ins Gesicht ihrer Großmutter stand die pure Angst geschrieben.

»Ich habe euch gewarnt«, krächzte sie düster. »Lasst euch nicht mit den Wölfen ein! Sie verheißen Unheil, und nun seht, wohin es uns gebracht hat!«

»Aber wir haben doch gar nichts mit den Wölfen zu schaffen«, rief Tala aufgebracht.

»Ihr nicht.« Arna streckte ihre schmale Hand aus und zeigte mit spitzem Finger auf Jacob. »Doch er schon! Er ist verflucht!«

Jacob zuckte zusammen, als hätte Arna ihn geschlagen. Schnell legte Tala beschützend den Arm um seine Schultern. Sie sah, wie ihr Onkel Calan von seinem Platz aufstand und zu ihnen herüberschritt, doch ehe er oder jemand sonst etwas sagen konnte, zerschnitt ein schrilles Wiehern die aufgewühlte Stille.

»Das war Odin!« Tala sprang auf. »Er hat irgendwas gehört!«

Die Jäger packten ihre Bogen und entfernten sich ein paar Schritte vom Feuer. Sie spähten in verschiedene Richtungen, lauernd, zu allem bereit.

Tala merkte, wie ihr Herz schneller pochte. Sie fühlte – etwas. Am Waldrand, dort, wo Schatten in Mondlicht überging, stand ein Pferd. Eigentlich sah man nur seinen silbrigen Umriss, doch der genügte Tala. Sie schluchzte laut auf, stolperte, rannte, rannte dem Pferd entgegen, das nun auf sie zugaloppierte, schneeweiß und voller Leben. Sie bremsten so dicht voreinander, dass kein Atemzug mehr zwischen sie passte. Tala schlang die Arme um den Hals ihrer Stute und vergrub das Gesicht in ihrer Mähne, damit niemand ihre Tränen sah.

»Saphira«, weinte sie haltlos, »meine allerliebste Saphira, du bist wieder da!«

8. Eine unheimliche Begegnung

Häuptling Pollo hörte mit ernster Miene zu, als Tala ihm von Jacobs Eltern berichtete. Sie fühlte Stolz, dass sie die Geschichte vor allen anderen erzählen durfte und dass Pollo sogar den Arm hob, um Calan zum Schweigen zu bringen, der sofort Einwände hatte, sobald sie ihren Plan erläuterte.

Am Morgen versammelte ihr Vater die Jäger um sich.

»Wir teilen uns auf. Die eine Gruppe kommt mit mir in den Wald. Wenn die Eltern des Jungen tatsächlich noch in den Bergen umherirren, müssen wir sie schnell finden. Ihre Spuren hat der Schnee längst verschluckt, aber wir müssen bedenken, dass sie möglicherweise schutzlos sind und nicht lang in der Kälte überleben werden.«

»Aber Pollo«, fuhr Calan erneut auf. »Ist es nicht wichtiger, neue Vorräte zu beschaffen? Wie sollen wir es über den Winter schaffen? Wir haben nichts mehr zu essen, unsere Zelte sind zerstört, und die Hühner und die Ziegen hat man uns auch gestohlen!«

»Genau«, rief ein anderer. »Wenn wir nicht schleunigst auf die Jagd gehen, sind wir alle tot, bevor der Winter vorbei ist.«

»Wir brauchen Fleisch«, tönte es durch das Lager.

»Wir brauchen neue Felle«, kam es zurück. »Lasst uns lieber die Wölfe aufspüren!«

Pollo hob den Arm und wartete, bis alle im Lager ihr Treiben unterbrochen hatten und ihm zuhörten. »Wir schaffen es niemals, genügend Vorräte für den Winter zu beschaffen, nun, da der Schnee bereits eingesetzt hat. Deshalb reitet Calan mit euch ins Dorf. Wir müssen einen anderen Weg finden, an Nahrung zu kommen, an warme Kleidung und an Stoffe für ein neues Lager. Vielleicht findet ihr jemanden, der euch helfen kann. Es gibt nur zwei Regeln: Bleibt zusammen und seid zurück, ehe es dunkel wird!«

Die Jungen wollten mitkommen, um ebenfalls nach Jacobs Eltern zu suchen, aber Pollo erlaubte es nicht. Tala schaute amüsiert zu, wie Kiran sogar sein Pferd an Jacob abtreten musste, denn dieser sollte mit, schließlich wusste nur er, wo sie die Suche beginnen mussten. Murrend und missmutig schwang sich Kiran hinter Lino aufs Pferd und schaute mit zusammengekniffenen Augen zu Tala hinüber, die grinsend über Saphiras Hals lehnte. Jetzt wussten sie, wie sich das anfühlte, wenn man übergangen wurde! Natürlich hätte Tala sich am liebsten ebenfalls den Jägern angeschlossen, aber es war wichtig, dass so viele von ihnen wie möglich ins Dorf ritten, um dort Hilfe zu erbitten.

Die Reise zum Dorf war mühsam, denn einen Weg gab es nicht mehr. Das gesamte Tal lag unter dickem, kaltem Schnee verborgen, doch ihre Pferde hatten eine gute Kondition und stapften unermüdlich und fleißig vorwärts.

Tala heftete sich an die Fersen von Calans Pferd und sah, dass ihre Mutter hinter dem Onkel Platz genommen hatte, aber der große, kräftige Rotfuchs schien das zusätzliche Gewicht kaum zu spüren. Sie folgten dem Fluss, der eine Schneise im Schnee bildete und der sie zielsicher bis ins Dorf und auch wieder hierher zurückführen würde. Talas Magen knurrte, und sie legte sich rasch die Hand auf den Bauch, ehe ihre Mutter es hörte.

Saphira schritt weit aus und schüttelte ungeduldig die Flocken weg, die sich an ihre Wimpern hängten. Tala hatte große Angst gehabt, dass ihre Stute verändert oder verängstigt sein könnte, doch seltsamerweise merkte man Saphira kaum an, was für ein Abenteuer sie durchgestanden hatte. Sie war höchstens noch aufgekratzter als sonst. Oh, wenn sie mir doch nur erzählen könnte, was gestern geschehen ist, dachte Tala. Sie krallte ihre Hand in die dichte Mähne und hielt sie ganz fest, so froh war sie, ihre schneefarbene Freundin unverletzt zurückzuhaben.

Die Sonne, die in den Wintermonaten ohnehin nur wenige Stunden Tageslicht spendete, verbarg sich hinter graublauen Schneewolken, doch dem Licht nach musste es bereits nach Mittag sein, als sie endlich die ersten Holzhütten erreichten.

Eine wackelige Fahrspur kündete von den wenigen Kutschen, die bis in diese Einsamkeit hinaufrollten, doch Tala suchte nicht wie sonst neugierig nach den vielen fremdartigen Dingen, die es in diesem Dorf zu entdecken gab. Sie hatten eine Aufgabe zu erfüllen. Eine lebenswichtige Aufgabe.

Ihre Mutter sprang von dem Rotfuchs und wartete, bis Calan das große Pferd vor einem ansehnlichen, gelb gestrichenen Holzhaus festgebunden hatte. Die anderen folgten und machten ebenfalls ihre Pferde fest, nur Tala zögerte. Ihre Mutter sah es und deutete zu den anderen Pferden hinüber. »Tala, willst du nicht hierbleiben und auf die Tiere achtgeben? Wir können es uns nicht leisten, sie auch noch zu verlieren.«

Erleichtert nickte Tala mit dem Kopf. Eigentlich hatte sie dabei nur an Saphira gedacht, aber ihre Mutter hatte recht: Was, wenn die Räuber zurückkehrten? Wer sagte denn, dass sie nicht plötzlich auf die verrückte Idee kamen, ein ganzes Dorf zu überfallen?

Die anderen verschwanden einer nach dem anderen in dem großen Haus, in welchem – das wusste Tala noch von ihrem letzten Besuch – der Bürgermeister wohnte. Und wenn jemand eine Idee hatte, wie sie an neue Vorräte gelangen konnten, dann der Bürgermeister.

Tala ließ ihre Füße baumeln und blickte die Straße hinunter. Eine schwarze Kutsche wartete im dichten Schnee auf Fahrgäste. Der Kutscher rauchte Pfeife, und seine Pferde, zwei müde Braune, hatten ihre Nasen auf den Anbindebalken gestützt und hielten ein Schläfchen. Tala hatte sich schon immer gewünscht, einmal in solch einer Kutsche mitzufahren, doch die wenigen Male, die sie hier gewesen war, hatte sich keine Gelegenheit dazu geboten. Neugierig betrachtete sie die Verschnürung der Riemen und Leinen an den Pferden. Ob sie das mit Saphira auch einmal probieren sollte? Eine Kutsche war bestimmt praktisch, um Dinge zu transportieren. Das musste sie sich genauer ansehen! Ihre Mutter hatte zwar gesagt, sie solle hier warten und auf die Pferde aufpassen, aber sie ritt ja nur ein Stück den Weg hinunter – von dort hatte sie die Pferde noch gut im Blick. Entschlossen drückte sie ihre Beine gegen Saphiras Bauch.

Saphira schnaubte, als Tala sich der zugeschneiten Kutsche näherte. Wie groß sie aus der Nähe war! Der Kutscher beachtete sie überhaupt nicht, also lehnte sie sich auf Saphiras Rücken weit vor, um in das Innere zu spähen – und wäre beinahe hinuntergefallen, als eine Frau mit langen strohfarbenen Haaren dicht an ihr vorbeihastete und die Tür der Kutsche aufriss.

»Wohin fahrt ihr?«, wollte Tala wissen, als sie wieder sicher auf Saphiras Rücken saß.

»Zum Bahnhof«, gab die Frau kurz angebunden zurück und schlug ihr die Tür vor der Nase zu. Der Kutscher legte seine Pfeife weg, schnalzte mit der Zunge und hob die Peitsche. Sofort kam Leben in die braunen Pferde. Sie stemmten sich ins Geschirr und zogen die Kutsche durch den tiefen Schnee. Man sah an ihren Bewegungen, wie schwer ihnen das fiel.

Tala und Saphira blieben allein zurück. Die anderen Pferde hatten die Köpfe gesenkt und schienen die Zeit ebenfalls für ein Nickerchen zu nutzen, nur Saphira sah kein bisschen müde aus. Tala fiel wieder ein, weshalb sie hier waren. »Ach, Saphira! Wenn du mir nur erzählen könntest, was passiert ist.« Tala strich ihrer Stute über den Hals. »Hast du gesehen, wo sie ihr Lager haben? Wohin sie die Ziegen gebracht haben? Und was ist mit Jadin geschehen?«

Saphira prustete, ihr Huf scharrte durch den Schnee. Sie suchte nach Gras, denn auch ihr Magen rumorte vor Hunger. Genau in dem Augenblick bemerkte Tala den herben Geruch nach gegartem Fleisch, der ihr in die Nase zog. Zuerst glaubte sie, ihr hungriger Geist spielte ihr einen Streich, dann aber stellte sie fest, dass der Wind gedreht hatte. Ihre Nasenflügel weiteten sich, und sie schnupperte so intensiv, dass ihr ganz schwindelig wurde. Der Geruch kam von links, fernab der Straße, von einem Ort hinter den Hütten.

Ganz kurz zögerte Tala. Nachsehen, nur kurz nachsehen, woher der Geruch kam. Was konnte schon groß passieren? Sie würde nur wenige Schritte weit weg sein, sie würde es hören, falls die fremden Reiter sich näherten! Und sie hatte Saphira, diesmal war sie schneller und mutiger und würde sich nicht feige verstecken müssen. Sie straffte die Schultern und trieb Saphira entschlossen an, fort von der Hauptstraße und zwischen den Holzhäusern hindurch bis ans linke Ende des Dorfes, wo auf einem schneebedeckten Feld ein windschiefer kleegrüner Planwagen parkte.

Saphira blieb urplötzlich stehen. Sie hob den Kopf und blähte witternd die Nüstern. Tala ahnte, was ihr Pferd störte: der scharfe Geruch nach toten Tieren, der sich nun intensiv mit dem Essensduft vermischte. Aber wo gegartes Fleisch hing, da waren auch Tiere gestorben. Da brauchte man sich nichts vorzumachen. Tala sprang entschlossen zu Boden und zog am Zügel, damit Saphira mit ihr kam.

Rauch stieg aus dem Planwagen auf. Eine kleine Luke im Dach stand offen und füllte die Luft mit köstlichen Versprechungen. Wie magisch davon angezogen trat Tala auf den Wagen zu und ließ ihre Hand über die abblätternde Farbe streifen. Seltsame Zeichnungen waren darauf zu sehen, wenn man ganz genau hinschaute – ein fremdartiger Schriftzug, den sie nicht entziffern konnte, und ein paar Zeichnungen, die aussahen, als stammten sie von Kinderhand. Eine Art Strichmännchen auf vier Beinen mit langer Nase. Saphira schnaubte erneut, und diesmal klang der Laut eindeutig warnend.

Mit klopfendem Herzen schlang Tala den Zügel um die Deichsel. »Pass auf«, wies sie ihr Pferd an, »du wartest hier. Mach keine Dummheiten, hörst du? Ich werde schnell klopfen und sehen, ob …« Tala verstummte. Ja, was genau trieb sie eigentlich hier? Was wollte sie sagen? Nach Essen betteln? Doch ehe sie ihr Vorhaben überdenken und Saphira losbinden konnte, schwang mit quietschenden Angeln die Tür des Planwagens auf, und all ihre Sinne wurden vernebelt von dem herrlichen Duft, der augenblicklich ihre Nase erfüllte.

Tala spürte, wie ihre Füße das Trittbrett erklommen und sie wie ferngesteuert in das Innere des Planwagens trugen. Sie griff nach der Tür und schloss sie von innen, sie wollte das gar nicht, aber es war wichtig, dass all der Duft um sie blieb, nur ihr gehörte und nicht etwa weitere hungrige Seelen anlockte. Dann erst blickte sie sich um.

Dichter Nebelrauch hing in dem winzigen Raum und verschleierte, was sich nicht direkt vor ihren Augen befand. Tala konnte eine Küche erkennen, Schränke, vollgestopft mit Schraubgläsern und bunt bemaltem Geschirr, und erst beim zweiten Hinsehen bemerkte sie die alte Frau, die vor dem Herd stand und emsig in einem dampfenden Topf herumrührte. Genau in dem Moment hob die Frau den Kopf und lächelte, und für einen kurzen Moment wurde Talas Verstand ganz klar, und kalte, lähmende Angst nahm von ihr Besitz.

»Schönen guten Tag, kleine Freundin«, gurrte die fremde Frau. Ihre Stimme klang freundlich, zu freundlich, und übte eine hypnotische Wirkung auf Tala aus. Einladend wedelte die Frau mit der Hand in Richtung einer engen Sitzecke. Dabei wehte ein Hauch des Dufts aus ihrem Topf in Talas Richtung, und sofort schwanden ihr die Sinne erneut. Hunger – oh, was hatte sie großen Hunger, so heftig, dass sie es kaum noch aushalten konnte! Sie folgte der unausgesprochenen Einladung eiligst und setzte sich an den abgewetzten Tisch, auf dem bereits ein sauberer Teller für sie stand.

»Ich …«, begann sie, doch die Frau drehte sich mit einer fließenden Bewegung zu ihr herum, und Tala vergaß, was sie hatte sagen wollen.

»Du siehst hungrig aus«, sagte die Frau. Ihre Hände zauberten ein Stück Fleisch aus einem Topf und ließen es sacht auf den Teller gleiten. Mit langen Fingern schob sie ihr die Köstlichkeit unter die Nase. »Iss, mein Kind! Du brauchst deine Kraft. Dieser Winter wird lang und hart werden.«

Verzweifelt kämpfte Tala um ihre Beherrschung. Hatte ihre Mutter ihr nicht eingebläut, niemals etwas von Unbekannten anzunehmen, keine Geschenke und schon gar kein Essen? Musste sie nicht vorsichtig sein, schließlich kannte sie die fremde Frau nicht, und überhaupt – wieso schenkte ihr eine Fremde etwas zu essen, gerade jetzt, wo sie so schlimmer Hunger plagte? Doch ihr Magen war stärker als ihr Verstand, und ehe sie sich versah, hatte Tala bereits große Stücke aus dem Fleisch herausgebissen und gierig hinuntergeschlungen. Sie kam sich vor wie ein Wolf, der gerade in wilder Jagd Beute gerissen hatte und sich nun hungrig darüber hermachte.

Die Fremde setzte sich ihr gegenüber und schaute zu, wie Tala das Fleisch verschlang. Ein Lächeln umspielte ihre Züge, und Tala nutzte die Ruhe in ihrem Bauch, um ihren Verstand wieder einzuschalten und die Frau näher zu betrachten. Runzelig war ihr Gesicht, von Furchen durchzogen wie ein uralter Baum. Ihre Nase bog sich nach unten und klebte beinahe an ihren Lippen, die immer noch mit diesem seltsam seligen

Lächeln spielten. Tala schluckte einen weiteren Bissen hinunter und ließ ihren Blick nach unten gleiten. Die alte Frau trug ein Kleid, grün wie ihre Behausung, mit zahlreichen Schürzchen und aufgenähten Taschen daran. In so einem Kleidungsstück konnte man allerhand Geheimnisse verbergen, ebenso wie in diesem verrunzelten Gesicht.

»Du bist aus einem bestimmten Grund zu mir gekommen.« Die Frau beugte sich näher zu ihr heran, und Tala konnte sehen, dass ihre Augen schwarz waren und ebenso funkelten wie die ihrer Großmutter Arna, wenn sie wieder einmal einen ihrer Kräutertränke braute.

»Wir brauchen Essen«, murmelte Tala. Sie riss mit den Zähnen die letzten Fleischfasern von dem Knochen und leckte sorgfältig jedes Fettrestchen von ihren Lippen. Wie gut das tat! Wer ihr solch ein herrliches Mahl servierte, konnte kein schlechter Mensch sein, oder? Bestimmt durfte sie der Frau erzählen, was geschehen war, wer weiß, vielleicht fiel sogar noch mehr Fleisch ab, das sie ihrer Familie mitbringen könnte? Und so erzählte sie von ihren Eltern und dem Lager hoch in den Bergen, von den harten Wintern und den Pferden, die die tapferen Jäger begleiteten. »Doch dann kamen die Räuber und nahmen alles mit, was wir zum Überleben brauchen! Sie stahlen unsere Hühner und Ziegen, unsere Felle und alle Vorräte, und nun wissen wir nicht, wie wir es über den Winter schaffen sollen.«

Die fremde Frau sah ihr tief in die Augen und lehnte sich noch weiter vor, so nah, dass Tala ihren Atem auf der Nase spüren konnte. Ein kalter Schauer lief ihr den Rücken hinunter, trotz der dunstigen Hitze in dem alten Wagen.

»Ich weiß einen Weg, wie ihr eure Sorgen loswerdet.« Ihre Lippen lächelten nun nicht mehr, und ihr schwarzer Blick wurde so durchdringend, dass Tala beinahe glaubte, die knotigen Finger hätten sich tief in ihre Schulter gebohrt. Hexe, dachte sie – die Frau muss eine Hexe sein! »Berichte deiner Familie, dass tief in den Wäldern ein weißer Wolf sein Unwesen treibt. Er hat glühende Augen und herrscht über all die anderen Wölfe. Er ist keiner von ihnen – er hat sich unbemerkt in das Rudel geschlichen. Bringt diesen Wolf zu mir – lebend! –, und ihr werdet dafür so reichlich belohnt werden, dass ihr keine Kälte und keinen Hunger mehr zu fürchten braucht.«

Tala wollte aufspringen, doch ihre Füße versagten ihr den Dienst. Sie fühlte sich schwach und schwindelig, so als hätte sie einen anstrengenden Marsch hinter sich. Ihr Blick verschwamm, und sie glaubte, zu fallen, in eine Traumwelt zu stürzen. Wie viel Zeit war verstrichen, seit sie in den Planwagen gekommen war? Plötzlich fühlte sich die Wärme gar nicht mehr heimelig an, sondern stach ihr wie heiße Nadeln in die Haut. Der herrliche Duft hatte sich in beißenden Gestank verwandelt, von dem sich Talas Magen wie ein Windrad zu drehen begann. Die schwarzen Augen der alten Frau blitzten und funkelten unheimlich, zogen sie tiefer und tiefer in ihren Strudel, und Talas Lider flackerten, sie wollte schlafen, nur schlafen …

Ein Pferd wieherte, laut und schrill. Nicht irgendein Pferd – Saphira!

»Ich muss gehen!« Tala erhob sich mühsam von der Bank und taumelte zur Tür des Planwagens. Oh, was war ihr schwindelig! Sie wollte nur raus, fort von der unheimlichen Alten, weg von diesem fiebrigen Ort!

»Findet den weißen Wolf!«, hörte sie die Frau rufen. Ihre Stimme klang krächzend, doch sie brannte sich wie ein Feuermal in ihr Gedächtnis. »Bringt ihn zu mir!«

Tala stieß die Tür auf und stolperte über die Trittschwelle, fiel die Stufen hinunter und landete mit der Nase im Schnee. Die vertraute Kälte fühlte sich tröstlich an, und ihr eisiger Atem vertrieb den Bann, der sich um ihre Sinne geschlungen hatte. Sie rappelte sich hoch und schrie auf, als etwas Warmes ihren Nacken berührte. Panisch fuhr sie herum – und blickte geradewegs in Saphiras eisblaue Augen.

9. Verstoßene

Saphira hatte lange auf ihre Menschenfreundin gewartet, zu lange, wie sie fand. Dieser Ort war ihr nicht geheuer, aus allen Ritzen drang der Gestank des Todes, und Saphira machte sich ernsthafte Sorgen, dass Tala etwas zugestoßen sein könnte. Sie zog und zerrte so lange an dem Zügel, der sie hielt, bis die Schlaufe durch die Deichsel schlüpfte und sie frei war. Doch was nun? Davonlaufen kam nicht infrage, nicht ohne Tala, niemals! Sie würde ihre Freundin nicht im Stich lassen, eher würde sie die Tür mit ihren Hufen eintreten und sie mit ihren Zähnen hinaus ins Freie zerren. Saphira spitzte die Ohren und lauschte. Nein, kein Hilfeschrei, kein Laut des Schreckens, doch etwas schürte ihr Unbehagen. Sie schnupperte. Da war es wieder – ein feiner Hauch, der sie schläfrig werden ließ, ihre Sinne einlullte, ihr Traumbilder schickte …

Laut und durchdringend wieherte Saphira. Nein, das war nicht richtig, sie durfte nicht schlafen, nicht an diesem Ort, und Tala durfte es auch nicht! Wie aus weiter Ferne hörte sie die anderen Pferde, die aufgeregt durch die Gassen liefen. Sie suchten nach ihnen! Da *endlich flog die Tür des grünen Wagens auf, und Tala stolperte ins Freie. Sie sah mitgenommen aus, ihr Gesicht glühte, und ihr Blick war glasig und schien nichts um sie herum wahrzunehmen. Und puh – wie sie stank! Trotzdem machte Saphira einen Schritt auf sie zu und pustete ihr in den Nacken.*

Tala schrie vor Schreck auf. Dann erkannte sie Saphira und streckte die Hände nach ihr aus. Saphira senkte den Kopf und half Tala, sich aufzurichten. Nun hatte auch sie die anderen Reiter gehört, und Angst mischte sich in ihre Miene.

»Oh nein, oh nein. Ich sollte doch aufpassen! Verflixt, wie spät ist es denn?« Hastig wollte sie auf Saphiras Rücken klettern, doch sie brauchte drei Anläufe, ehe es ihr gelang. Ihre Knie zitterten noch immer, Saphira konnte es durch ihre Rippen spüren. Dennoch war sie froh, dass Tala wieder sicher auf ihrem Rücken hockte. Erstens konnte sie ihre Menschenfreundin so besser beschützen, und zweitens umwehte sie ihr Gestank nun nicht mehr so sehr.

»Tala!«

Galans Rotfuchs blieb prustend in einigem Abstand vor Saphira stehen. Auch er wandte die Nüstern ab; die Menschen dagegen schienen den fürchterlichen Gestank kaum wahrzunehmen.

»Wo hast du gesteckt? Du solltest doch bei den Pferden bleiben!«

Tala rutschte auf Saphiras Rücken herum. »Aber es ist ihnen doch nichts passiert, oder?«, fragte sie angriffslustig.

Talas Mutter stemmte den Arm in die Hüfte. »Mein liebes Kind, diese Aufgabe diente ebenso dazu, dich an Ort und Stelle zu halten, damit auch du nicht verloren gehst!«

Saphira spürte, wie Tala schluckte. Den ganzen Heimweg über blieb sie stumm. Offenbar wagte sie es nicht, von ihrem Abenteuer zu erzählen. Nur Saphira wusste, in welcher Gefahr Tala tatsächlich geschwebt hatte – nur sie hatte gespürt, welcher Sog von dem unheimlichen grünen Wagen ausgegangen war!

Der Ritt zurück zum Lager dauerte lang, und längst war die dünne Sonne am Horizont verschwunden, als sie endlich die provisorischen Zelte erreichten. Tala glitt von Saphiras Rücken und überließ sie der Dunkelheit auf der Weide, wo ihre Gefährten sofort mit den Hufen im Schnee scharrten, um an etwas Gras zu gelangen.

Der gewaltige Leithengst hob sich wie eine schwarze Silhouette gegen den Nachthimmel ab. Er schaute auf, als Saphira zu der Herde trabte, und bannte sie mit seinem starren Blick. Ich weiß, was du getan hast, sagten seine Augen – du hast wieder Extratouren gemacht und dich unerlaubt von der Herde entfernt!

Wie auf ein geheimes Kommando hin begannen in diesem Augenblick die Wölfe in den Wäldern zu heulen. Saphira wäre gern zu der Herde gelaufen und hätte sich in ihren Schutz begeben, doch sie wagte nicht, in Odins Augen zu schauen. Ich habe es doch nur getan, um Tala zu beschützen, dachte sie – doch sie wusste, für Odin zählte das nicht. Sie stellte eine Gefahr für die anderen Pferde dar, weil sie anders war und sich nicht an die Regeln hielt.

Die Luft war schneidend kalt geworden, ein eisiger Wind trug das Klagelied der Wölfe verzerrt ins Tal. Saphira suchte Schutz unter der Lärche und drängte sich dicht an deren harzigen Stamm. Ja, das fühlte sich besser an, vertraut und sicher – so würde sie einigermaßen ruhen können! Doch als sie die Augen schloss und sich dem Schlaf ergab, da suchten Bilder sie heim, Bilder von einem Rudel Wölfe mit hungrigen Augen, die sich über den toten Körper der alten Stute hermachten, als sei sie einzig aus dem Grund gestorben, um ihnen ein Festmahl zu bereiten.

Tala drückte sich in den Schatten herum, als das Heulen erklang. Die Wölfe! Sie waren also immer noch hier. Oder spielte ihr die Akustik in den Bergen einen Streich, und das Rudel war schon ein gutes Stück weitergezogen? Ihre Handflächen wurden ganz feucht vor Aufregung. Ein weißer Wolf, hatte die Frau gesagt. Die Hexe. Ob es stimmte, ob tatsächlich ein weißer Wolf in den Wäldern lebte? Sie wusste so wenig über Wölfe, über die Farben ihres Fells, aber ein weißer Wolf, der war bestimmt etwas Besonderes. Genau wie ein schneeweißes Pferd.

Moment mal! Tala schüttelte sich. Ein weißer Wolf! Doch, sie hatte schon einmal von ihm gehört. Calan, ihr Onkel, hatte von einem weißen Wolf erzählt, am Feuer, das war, bevor sie Jacob gefunden hatten und das mit den Räubern passiert war. Wie nannte er seine Geschichte doch gleich? Eine Legende. Das konnte kein Zufall sein. Ein weißer Wolf, der einer Legende entsprang, um ihre Familie zu retten. Konnte das wahr sein? Wirklich wahr?

»Tala!«

Der Ruf hallte durch die Dunkelheit, und sofort verschwanden alle Gedanken von weißen Wölfen aus Talas Kopf. Ihr fiel wieder ein, was heute im Dorf geschehen war, ihr Vergehen – und augenblicklich bekam sie ein solch schlechtes Gewissen, dass ihr ganz übel wurde. Aber nicht, weil sie nicht gehört und bei den Pferden geblieben war, sondern wegen der Sache, die im Planwagen geschehen war. Sie konnte sich selbst nicht erklären, was mit ihr passiert war – wie sie auch nur auf den Gedanken kommen konnte, sich selbst den Bauch vollzuschlagen und ihrer Familie nichts mitzubringen! Ehrlich gesagt hatte sie gar nicht mehr an ihre Familie gedacht, obwohl sie sogar von ihr geredet hatte, die ganze Zeit! Wie überaus seltsam dieser Besuch doch gewesen war. Und das Fleisch, so gut es auch geschmeckt hatte, hatte sie kein bisschen satt gemacht. Im Gegenteil: Auf dem Heimweg dann knurrte ihr Magen schlimmer denn je, und das, obwohl sie ein halbes Tier verschlungen haben musste! Tala holte tief Luft. Nun, sie musste den anderen von der seltsamen alten Frau erzählen. Oder wenigstens von dem Angebot, das sie ihr gemacht hatte.

Tala straffte die Schultern, hob das Kinn und trat ihrem Vater gegenüber.

Pollo stand mit verschränkten Armen an der Feuerstelle. Die anderen berichteten mit niedergeschlagenen Stimmen von ihrer erfolglosen Suche in den Wäldern, doch als Tala in den Kreis trat, verstummten sie und sahen reglos zu ihr auf, während die Flammen gespenstisch über ihre Gesichter flackerten.

»Zwei Regeln«, sagte ihr Vater, als sie vor ihm stand. »Nur zwei Regeln habe ich für diesen Tag aufgestellt. Erinnerst du dich?«

Tala schluckte. »Vor der Dunkelheit zurück sein und … zusammenbleiben«, murmelte sie kleinlaut.

»Du schaffst es nicht, zwei so einfache Regeln zu befolgen«, donnerte Pollo los. »Mehr noch, du bringst mit deinem Verhalten die ganze Gruppe in Schwierigkeiten! Was ist los mit dir, Tala? Wie kannst du in einer fremden Umgebung einfach davonreiten, noch dazu, wo du doch eine Aufgabe hattest?«

»Es war nur, weil …« Tala sah Hilfe suchend ihre Mutter an, die sich neben den Vater gestellt hatte. Aber sie rührte sich nicht, und sie legte auch nicht die Arme um Tala, so wie sonst, wenn der Vater mit ihr schimpfte. Stattdessen guckte sie mindestens so streng wie er, und irgendwie war das sogar noch schlimmer als die Standpauke, die sie von ihrem Vater erdulden musste.

»Das freie Leben hier draußen ist hart, Tala. Für deine Arglosigkeit ist da kein Platz. Du willst dich beweisen? Dann zeig mir, dass ich mich auf dich verlassen kann. Auf dich – und auf Saphira.«

Tala warf einen Blick zu Taro und seinen Brüdern, die dem Gespräch mit großen Augen folgten. Heute feixte ihr keiner zu, im Gegenteil, sie sahen fast aus, als fürchteten sie sich vor Pollo. Pah – dabei war sie es doch, die ausgeschimpft wurde! Die Jungen hatten nichts getan, natürlich nicht. Sie riskierten ja nie etwas!

Als die Schimpftirade vorbei war und Pollo sich wieder Calan zuwandte, stapfte Tala beleidigt davon. Das war ja wieder so, so typisch! Sie war die Böse, der alles egal war. Aber woher, fiel ihr dann ein, hätten ihre Eltern auch wissen sollen, was sie tatsächlich zu dem grünen Planwagen gelockt hatte? Sie hatte es ihnen ja nicht erzählt. Kein Wort hatte sie darüber verloren, was die unheimliche Alte zu ihr gesagt hatte, welches Angebot sie unterbreitet hatte – dafür hatte Tala sich gerade zu sehr geschämt. Und jetzt war es zu spät, um noch mal zurückzugehen und ihr Abenteuer zu beichten, außerdem fürchtete sie, dass ihr Vater noch viel böser auf sie werden würde, wenn er erst das ganze Ausmaß ihrer Extratour begriff.

So ganz wohl war ihr ja selbst nicht in ihrer Haut, wenn sie an den Nachmittag zurückdachte, an den seltsamen Nebel, der sie eingelullt hatte und das Fleisch, das zuerst so köstlich geduftet und am Ende wie eine vermoderte Leiche gestunken hatte. Etwas stimmte mit der Alten nicht, und Tala wollte lieber nicht zu ihr zurückkehren und am eigenen Leib erfahren, wozu sie noch imstande war.

»… gefragt, ob wir ein paar Männer schicken können. Doch er hat auch das abgelehnt.«

Tala spitzte die Ohren. Pollo und Calan hatten sich ein Stück von den anderen entfernt und unterhielten sich leise. Die Stimme ihres Onkels klang belegt, und sie ahnte, dass der Besuch beim Bürgermeister nicht gut verlaufen war. Auch so eine Sache. Sie war viel zu sehr mit sich und ihren eigenen Sorgen beschäftigt gewesen, um danach zu fragen.

»Warum?« Pollo drehte sich ein Stück, und nun sah Tala, dass ihre Mutter an seiner anderen Seite stand. Klein und dünn sah sie aus neben der mächtigen Gestalt ihres Vaters. Vielleicht hatte er dasselbe Gefühl, denn er hob den Arm und ließ ihn um ihre Schultern gleiten.

»Er hat keine Arbeit für uns«, berichtete ihre Mutter bedrückt. »Er hat ein paar Freunde gefragt und versprochen, sich weiter umzuhören, doch selbst die Leute im Dorf wissen nicht, was sie während des Winters tun sollen. Es scheint, als würden die kalten Monate alles lahmlegen, alles Leben einfrieren. Wir können zwei Schafe bekommen und vielleicht eine Ziege. Er will wirklich helfen, aber ihm sind die Hände gebunden.«

»Dann gibt es keine andere Lösung.« Pollo richtete seinen Blick geradeaus, ohne jemanden dabei anzusehen. »Wir werden uns von Tag zu Tag durchschlagen und von der Hand in den Mund leben müssen. Wir werden das Lager wiederaufbauen, alle zusammen, mit dem, was uns geblieben ist. Und wir werden ausziehen und jagen gehen, und an keinem Tag dürfen wir mit leeren Händen zurückkehren.«

»Aber wie sollen wir das schaffen? Die Pferde finden nicht genug zu fressen unter der Eisschicht, sie werden die Dauerbelastung nicht durchstehen!«

»Das werden sie müssen«, antwortete Pollo bitter. »Genau wie wir auch!«

Tala spürte, wie ihr Herz sich verkrampfte. Oh nein, sie durften nicht noch mehr Pferde verlieren, sie brauchten sie doch! Nun musste ihr Vater zustimmen, sie mit zur Jagd zu nehmen, er musste einsehen, dass sie jeden Schützen gebrauchen konnten, und sie würde ihm beweisen, wie gut sie war!

Eine kleine Hand zupfte an ihrer Fellweste, und Tala fuhr herum. Es war Jacob, und sein Gesicht sah aus, als habe er versucht, damit die Steilwände der Berge zu schrubben.

»Was ist denn mit dir passiert?«, fragte sie erschrocken.

Jacob grinste verschämt. »Bin v-v-vom Pferd gefallen. Fünfzehn M-m-mal.«

»Kannst du denn nicht reiten?«

»N-n-nein. Aber ich h-h-hab mich nicht getraut, d-d-das zu sagen.«

Tala musste lachen. »Du Armer! Und Vater hat dir auch noch das frechste und wildeste Pferd gegeben. Aber immerhin sind all deine Knochen heil geblieben.« Sie stockte. »Ihr habt deine Eltern nicht gefunden, oder?«

Traurig schüttelte Jacob den Kopf. »K-k-keine Spur. Ich h-h-habe Angst, Tala – b-b-bestimmt ist ihnen was Schr-r-reckliches z-z-zugestoßen!«

Tala machte zwei Schritte auf ihn zu und legte ihm die Hände auf die Schultern, so, wie ihr Vater es immer bei ihr tat, wenn er sie beruhigen wollte. Oder – so wie er es immer getan hatte. Bevor sie ihn so enttäuscht hatte. Sie schluckte den Schmerz hinunter, der in ihrer Brust aufwallte, und sah Jacob fest in die Augen. »Du brauchst keine Angst zu haben. So schnell geben wir die Suche nicht auf! Und bis wir deine

Eltern gefunden haben, gehörst du zu uns. Wir lassen ein Familienmitglied niemals im Stich!«

Hoffentlich kann ich das Versprechen halten, dachte Tala beklommen, als Jacob mit hochgezogenen Schultern ans Feuer zurückkehrte, wo die Erwachsenen leise beratschlagten. Denn niemand wusste, wie es nun mit ihnen weitergehen sollte.

Tala wartete bei der Pferdewiese, als die Jäger am nächsten Morgen noch vor Sonnenaufgang über den Hügel schritten, tief geduckt vor der Kälte und unter der Last ihrer Ausrüstung. Taro sah sie zuerst und stieß seine Brüder an, während er auf sie und Saphira zeigte. Ihre Stute trug eines der Sattelfelle, das noch übrig geblieben war, und dazu ihren selbst geknoteten Hanfzaum mit den Lederzügeln. Tala saß voller Stolz auf ihrem Rücken und fühlte sich wie eine echte Kriegerin.

»Was hast du vor, Tala?« Ihr Vater warf ihr einen unwirschen Blick zu und stapfte an ihr vorbei, ohne auf ihre stolze Haltung zu achten.

»Ich komme mit euch«, verkündete Tala ohne Zögern. Sie konnte ihrem Vater immer noch nicht in die Augen sehen, doch die frühmorgendliche Dunkelheit half ihr, sich so selbstsicher zu fühlen, wie sie sein musste. »Saphira und ich sind bereit!«

Häuptling Pollo seufzte leise. »Zurück ins Zelt mit dir, Mädchen. Du wirst dort gebraucht, versteh das endlich.«

»Aber ihr braucht mich doch auch!« Tränen der Wut traten Tala in die Augen, und sie wischte sie rasch mit dem

Handrücken fort, ehe sie zu Eis gefrieren konnten. »Du hast selbst gesagt, ihr dürft nicht mit leeren Händen heimkehren!«

»Und du glaubst, wir sind bessere Schützen, wenn wir nebenbei noch auf dich aufpassen müssen?« Pollo schüttelte den Kopf und setzte eine eisige Miene auf. »Keine Diskussion. Du kommst nicht mit uns, und das ist mein letztes Wort.«

»Aber –«

»Schluss jetzt!«, donnerte Pollo. Er sah jetzt ernsthaft böse aus und zeigte mit dem Finger auf Saphira. »Bring die Stute zu deiner Mutter. Saphira wird sie ins Dorf begleiten, um die Schafe abzuholen, die uns angeboten wurden. Und du machst dich nützlich, wehe, ich höre am Abend, dass du dich vor der Arbeit gedrückt hast!«

Tala hielt die Hände zu Fäusten geballt, während sie dem Reitertross hinterherschaute. Taro und seine Brüder feixten hinter Pollos Rücken und schnitten Grimassen zu ihr herüber, was sie nur noch wütender machte. Am liebsten wäre sie der Bande nachgejagt, nur um ihnen zu zeigen, dass sie so nicht mit ihr umspringen konnten – aber sie hatte die harsche Stimme ihres Vaters nicht nur gehört, sondern im ganzen Körper gespürt. Er duldete keinen Widerspruch, also musste sie gehorchen. Oh, war das Leben gemein und ungerecht! Sie wartete, bis die Reiter außer Sicht waren, erst dann ließ sie sich aus dem Fellsattel gleiten. Wieder auf dem Boden zu stehen, fühlte sich so gar nicht kriegerinnenmäßig an, eher nach Verliererin. Tala stampfte heftig mit dem Fuß auf und schrie all ihre Wut und Verzweiflung in den kalten Wintermorgen.

Den größten Teil des Tages verbrachte Tala anschließend mit ihrer Großmutter Arna am Fluss. Lustlos befolgte sie die Anweisungen der alten Frau. Die ganze Zeit über hing sie mit ihren Gedanken bei Saphira fest, die mit ihrer Mutter auf dem Rücken abermals die lange Strecke bis ins Dorf laufen musste. Ob sie sich überhaupt satt fressen konnte? Was, wenn ihr der Weg zu lang wurde und sie schlappmachte – würde ihre Mutter sie auch genug schonen? Wahrscheinlich schon, denn sie wusste ja, was die Stute Tala bedeutete. Trotzdem schmerzte ihr Herz bei der Erinnerung daran, wie Saphira sie am Morgen nach ihrem Ausbruch sanft angestupst und ihr die Tränen aus dem Gesicht gepustet hatte.

Nein, ohne Saphira würde sie nicht weiterleben wollen. So einfach war das.

»Weißt du überhaupt, was das Lied der Wölfe zu bedeuten hat?«, fragte Arna mit ihrer Krähenstimme.

Tala schüttelte den Kopf. Nein, wusste sie nicht, und es war ihr im Augenblick auch total egal.

»Blut klebt an ihren Lefzen«, raunte Arna ihr ins Ohr. »Und sie sind nicht gewillt, ihre Beute zu teilen! Deshalb heulen sie. Kein schöner Gesang für den Mond. Oh nein, mein Kind, es ist eine Warnung!«

Am darauffolgenden Tag bekam Tala die Aufgabe, Wasser und Futter für die Schafe zu besorgen, was Tala nur recht war, denn so konnte sie sich getrost vom Lager entfernen und den Tag allein mit Saphira verbringen. Die weiße Stute schien müde und ausgelaugt nach dem langen Marsch, doch ihre kristallblauen Augen blitzten neugierig. Wir zwei gegen den Rest der Welt, dachte Tala. Solange wir zusammen sind und aufeinander aufpassen, kann uns nichts passieren!

Sie fand eine Stelle, an der sie die dünne Eisschicht des Flusses aufbrechen und die Schafe gefahrlos zum Trinken führen konnte. Dann brach sie Zweige von den Bäumen und suchte nach eingeschneitem Laub, das sie ihnen bringen konnte. Mehr gab es nicht.

Am nächsten Tag begleitete Jacob sie und half, die dickwolligen Schafe zu scheren. Natürlich durften sie ihnen bei der Eiseskälte nicht all ihren Wetterschutz nehmen, doch die Tiere mussten genug Wolle abgeben, um warme Unterlagen zum Schlafen und ein paar neue Jacken für die Jäger zu fertigen. Zusammen bauten sie einen provisorischen Unterstand aus Zweigen und Reisig, den sie mit Schnee befestigten, sodass die Schafe auch in der Nacht nicht frieren mussten.

Die Abende verbrachte Tala nach wie vor allein im kalten Zelt. Sie fror entsetzlich, trotz der neuen Decke, die ihre Mutter für sie gesponnen hatte, doch ihr Stolz verbat ihr, sich zu den Jägern ans mollig warme Feuer zu gesellen. Lieber würde sie sich den Hintern abfrieren, als klein beizugeben und sich ihre Jagdgeschichten anzuhören!

Je später der Abend wurde, desto weniger Stimmen sprachen zugleich, und schließlich wurde es so still dort draußen, dass Tala sogar ihrem eigenen Atem lauschen konnte. Sie hörte, wie Calan sich räusperte und schließlich das Wort ergriff.

»Wir sind den Spuren der Wölfe gefolgt. Wenn schon kein Wild in der Nähe ist, so hofften wir wenigstens, auf einen Kadaver zu stoßen. Doch wir hatten kein Glück. Erst nach einem anstrengenden Ritt in die höheren Berge konnten wir das Damwild aufstöbern, das heute euren Magen füllt.«

Abermals hustete Calan seinen Hals frei, und Tala fühlte, wie auch ihre Kehle eng wurde.

»Aus diesem Grund haben wir beschlossen, eine Alternative zu erwägen.« Die Stimme ihres Onkels wurde schwer und füllte sich mit Traurigkeit. »Sollten wir morgen mit leeren Händen von der Jagd zurückkehren, so werden wir – um unser aller willen – eines der Pferde töten.«

Stille folgte diesen Worten, fassungslose, ohnmächtige Stille. Dann fragte ihre Mutter leise: »An welches Pferd habt ihr gedacht?«

Tala hielt sich die Ohren zu und schluchzte auf. Sie wollte es nicht hören, wollte nicht glauben, was da draußen beschlossen wurde! Wie konnten sie nur? Natürlich dachten sie an Saphira, wen sonst, sie war das einzige Pferd, das nicht zur Jagd gebraucht wurde, und das war allein ihre Schuld, nur ihre, weil sie ein Mädchen war und Mädchen auf der Jagd nichts verloren hatten. Weil ihr Vater ihr nichts zutraute und sie wohl nun obendrein hasste, weil sie ungehorsam gewesen war. Für all das sollte Saphira büßen?

Ihr Herz klopfte heftig, so sehr, dass sie aufsprang und die Decke zusammenrollte, auf der sie gelegen hatte. Draußen am Feuer waren die Stimmen nun wieder lauter geworden, Empörung drang zu ihr herein, doch niemand konnte die Worte aus ihrem Kopf löschen, die Calan eben gesagt hatte, nichts und niemand, niemals.

Sie würde nicht hier herumsitzen und tatenlos darauf warten, dass sie Saphira etwas antaten, oh nein!

Aber wo sollten sie hin? Sie konnte Saphira von hier fortbringen, das schon, aber sie würden sich nicht ewig verstecken können. Sie brauchte einen Zufluchtsort, eine Idee, wohin sie gehen und wie sie überleben konnte. Es sei denn … Worte flüsterten aus ihrer Erinnerung, rauchige Worte, wurden zu einem Bild – einem Plan. Die alte Frau in dem Hexenwagen. Die versprochene Belohnung.

Der weiße Wolf.

Tala hielt inne. Konnte das tatsächlich gelingen? War es möglich, ihn aufzuspüren, dort oben in den Schneewäldern? Nein. Das war kompletter Wahnsinn. Sie würde ganz nach oben in die Berge steigen müssen, im Schnee. Es gab wohl kaum eine verrücktere Idee, und doch war es die einzige, die ihr einfiel.

Und wenn sie es schaffte? Wenn sie den weißen Wolf fand, ihn der alten Frau brachte und anschließend mit einer

Belohnung nach Hause kam, die sie alle über den Winter rettete? Was würde ihr Vater dazu sagen? Und die anderen Jäger? Eines war sicher, Saphira würde nach diesem Abenteuer niemand mehr anrühren. Tala biss auf ihre Lippe, bis sie Blut schmeckte. Es war verrückt, ja, das war es ohne Zweifel. Aber es war auch eine Chance.

Ihre Finger zitterten, obwohl sie die Kälte kaum mehr spürte. Rasch klaubte sie die Habseligkeiten zusammen, die ihr geblieben waren, und wickelte alles in die Schaffelldecke. Ihren schönen Bogen hatte leider das Feuer verschlungen, aber Calan hatte ihr bereits einen neuen gemacht, kleiner und leichter zwar, aber sie würde schon damit zurechtkommen. Leider besaß sie zudem nur noch sieben Pfeile. Sie würde ihr Ziel genauestens auswählen müssen. Als sie beinahe fertig war, teilten sich die Stoffbahnen, und jemand huschte lautlos ins Zeltinnere. Erschrocken fuhr sie herum.

»Was t-t-tust du da?«

Tala überlegte nur einen winzigen Augenblick, dann entschied sie, dass Jacob eingeweiht werden durfte.

»Ich hau ab. Mit Saphira!«

Jacob nickte kurz. »H-h-hab ich mir schon g-g-gedacht.« Er sah sich in dem schneegrauen Zelt um und seufzte dabei, als würde er es zum letzten Mal sehen. »N-n-nimmst du m-m-mich mit?«

»Was?«

»Nimm mich m-m-mit!«

»Auf keinen Fall. Das ist viel zu gefährlich«, brummte Tala barsch. »Du weißt ja nicht, was ich tun muss, du hast keine Ahnung ...«

»Ist m-m-mir egal.« Jacob straffte die Schultern und versuchte, entschlossen und mutig auszusehen. »Ich w-w-will auch helfen!«

Tala wollte ihn anherrschen, sich um seine eigenen Probleme zu kümmern, doch dann fiel ihr ein, wie sehr es sie verletzt hatte, als ihr Vater ihre Hilfe abgelehnt hatte. Auch wenn sie sich nur schwer vorstellen konnte, wozu es gut sein sollte, einen stotternden, einsamen Jungen dabeizuhaben, der noch nicht einmal reiten konnte.

»Ich gehe rauf in die Wälder«, verkündete sie flüsternd. »Für viele Tage. Und Nächte!«

»Ich h-h-habe keine Angst«, beteuerte Jacob.

»Der Weg ist steil. Und oben in den Bergen weht ein eisiger Wind. Ich werde auf der Jagd sein, ich kann mich nicht um dich kümmern!«

Einen winzigen Moment zögerte er doch noch. Sie sah es genau. Er hatte großen Respekt vor der Jagd, aber er wusste instinktiv auch, dass er Tala nicht nach dem Grund fragen durfte. Entweder folgte er ihr blind, oder er ließ es bleiben. Zwei Herzschläge lang flackerten seine Augen ein wenig, dann nickte er entschlossen.

»Komm mit«, raunte Tala und löste die Schnüre am gegenüberliegenden Zelteingang. Sie schulterte die Decke, verschloss das Zelt sorgsam wieder und vergewisserte sich, dass keine schattenhafte Gestalt vom Feuer her näher kam.

Dann huschten sie und Jacob in weitem Bogen um das Lager herum und rannten durch die Dunkelheit zur Pferdewiese.

10. Nachtgestalten

Kälte legte sich wie ein Ring um Talas Brust und füllte ihre Lungen mit eisiger Luft. Über ihren Köpfen schrie ein Uhu, und Jacob zuckte unmerklich zusammen, doch Tala war froh über die Regung – seit einiger Zeit glaubte sie, der Junge wäre zu Eis gefroren, so kalt fühlten sich seine Arme um ihren Bauch an.

Zuerst hatte Jacob sich noch an ihr festgeklammert, doch mit der Zeit war sein Griff immer lockerer geworden, bis Tala ihn schließlich kaum mehr spürte. Auch Jacob vertraute Saphira – er konnte bestimmt fühlen, wie sehr sie auf ihre beiden nächtlichen Reiter achtgab und wie vorsichtig sie ihre Tritte über den unebenen, verschneiten Waldboden setzte.

Sie schwiegen, während sie durch die Nacht ritten, tiefer und immer tiefer in den Winterwald. Längst hatten sie die Talsohle hinter sich gelassen, konnten im schwachen Schimmer des Mondes die Baumwipfel weit unten erkennen, doch Tala brauchte Saphira nicht anzutreiben, ihr nichts zu erklären – es schien, als habe die Stute verstanden, dass ihr Gefahr drohte und dass sie keine andere Wahl hatten, als allein in die Wälder zu fliehen.

Erst als der Morgen graute und Jacobs Arme immer öfter hinabrutschten, weil ihm die Augen zufielen, entdeckte Tala eine Höhle, die groß genug war, dass sie und Jacob hineinkriechen konnten. Erschöpft ließ sie sich von Saphiras Rücken gleiten und half ihrem müden Begleiter, ebenfalls sicher den Boden zu erreichen. Sie band die Decke und ihren Bogen von Saphiras Hals und schob beides in das dunkle Loch, dann nahm sie der Stute nach kurzem Zögern den Zaum ab und gab ihr einen kalten Kuss auf die Nase.

»H-h-hast du k-k-keine Angst, dass sie d-d-davonläuft?«, stotterte Jacob überrascht.

»Doch.« Tala schaute zu Boden. »Aber sie muss sich auch versorgen, weißt du? Wenn ich sie anbinde, findet sie kein Futter. Sie kommt bestimmt wieder. Wir sind doch Freunde!«

Als Tala erwachte, war vom Tageslicht bereits nicht mehr viel übrig. Sie rieb sich die Augen und wusste zuerst nicht, wo sie war – dann entdeckte sie Jacob neben sich, der wie ein Baby zusammengekuschelt lag und fest schlief. Blasse Lichtstrahlen fanden ihren Weg in die felsige Höhle, und Tala hörte kleine Trippelschritte über den Boden huschen.

Schnell richtete sie sich auf und stieß sich prompt den Kopf an der niedrigen Decke. Das Trippeln verstummte, und sie konnte ein hohes Fiepen ausmachen. Mäuse! Oder gar Ratten?

Im Grunde war es egal, denn sie musste die Tierchen fangen, oder sie und Jacob würden kläglich verhungern, ehe ihre Flucht richtig begonnen hatte.

Etwas vorsichtiger streckte sie sich und schob sich auf die Knie hoch. Sie versuchte, sich möglichst lautlos zu bewegen und keinen Luftzug zu verursachen, da spürte sie plötzlich eine Bewegung neben ihren Fingern und packte ein zappelndes Ding. Sein heller Schrei zerriss die Stille, hallte an den Höhlenwänden wider und kehrte vielfach als Echo zurück. Das Tier strampelte und wand sich, schrie und weinte, und Jacob fuhr aus dem Schlaf hoch und stieß wie Tala mit voller Wucht gegen die Felskante.

»W-w-was ist los?«

»Ich hab es, geh mal zur Seite, schnell, ich muss – aua!«

Tala versuchte, den Schmerz zu ignorieren, der durch ihren linken Daumen schoss. Das Vieh hatte sie gebissen! Sie wollte zudrücken, den Hals ertasten, doch plötzlich flimmerte ein grelles Licht auf, und sie konnte in zwei schwarze, vor Schmerz weit aufgerissene Knopfaugen sehen.

»E-e-eichhörnchen.« Jacob hob die Hand mit dem leuchtenden Gegenstand, und das Tierchen erstarrte im Schock. »Warum …?«

Tala konnte die Augen nicht von der Lichtquelle abwenden, doch sie wagte nicht, die Hände von der Kehle des Eichhörnchens zu nehmen. »Was ist das?«, wollte sie wissen und verrenkte sich den Hals.

»Ein Flashlight.« Jacob ließ den Lichtstrahl erlöschen, und sofort begann das Tier, zwischen Talas Fingern wieder zu zappeln und zu strampeln. »W-w-was hast du m-m-mit ihm vor?«

»Na, was wohl«, knurrte Tala. »Es wird unser Frühstück!«

Voller Abscheu keuchte Jacob auf. »Das kannst du nicht machen! Sch-sch-schau es dir doch nur an!«

Tala hob die Hände, bis das zappelnde und voller Panik quiekende Eichhörnchen dicht vor ihrem Gesicht schwebte. Es musste sich um ein junges, unerfahrenes Tier handeln, das wie sie in der Höhle Schutz gesucht hatte, vielleicht sogar vorgehabt hatte, hier zu überwintern. Voller Furcht starrte es zurück, sein flehender Blick ganz dunkel vor Angst. Todesangst.

»Was, glaubst du, sollen wir essen, hier draußen? Wir sind jetzt Jäger, Jacob. Die Starken töten die Schwachen. Das ist in der Natur nun mal so!«

Entschieden schüttelte Jacob den Kopf. »Ich e-e-esse es nicht. Niemals!«

Talas Finger drückten fester zu, so fest, dass sie den schnellen Herzschlag des kleinen Tieres bis in ihren Körper hallen hörte. Das Leben des Eichhörnchens hing davon ab, was sie tat, wie sie entschied.

»Tala«, flehte Jacob. »B-b-bitte!«

Die dunklen Knopfaugen baten stumm um ihr Leben, wollten nicht aufgeben, wie ausweglos die Situation auch schien. Ein letztes Kieksen entwich der winzigen Kehle, ein letzter Ruf …

»Ach, verflucht noch mal!«

Tala öffnete ihre Hände, und das Eichhörnchen fiel heraus, landete hart auf dem Boden. Es schüttelte sich, konnte im ersten Moment nicht fassen, dass es tatsächlich frei war, dann sauste es aus der Höhle hinaus und davon.

»D-d-danke.« Jacob ließ seine geheimnisvolle Lichtquelle noch einmal aufblitzen und atmete erleichtert aus, als er das Eichhörnchen davonhuschen sah.

Tala lehne sich gegen die Höhlenwand und wusste einen Moment lang nicht, ob sie lachen oder schreien sollte. Was hatte sie sich nur dabei gedacht? Wer seinen Gefühlen erlag, konnte nie ein richtiger Jäger werden. Niemals frei sein. Oder überleben. Wer weiß, schoss es ihr durch den Kopf, vielleicht hatte Vater doch recht, mich niemals mit auf die Jagd zu nehmen. Er muss geahnt haben, dass ich versagen würde!

Jacob lehnte sich gegen die Höhlenwand und atmete tief ein und wieder aus. Die Flashlight rutschte ihm aus den Händen und landete wie das Eichhörnchen auf dem harten Boden.

»Zeig mir das mal.« Talas Neugier erwachte wieder und verdrängte die düsteren Gedanken. Sie streckte die Hand nach dem Gegenstand aus und betrachtete ihn genauer. Ein rundes, langes Ding aus einer Art dickem Papier, mit einem Knopf auf der Rückseite. Es fühlte sich eigentlich unspektakulär an, aber als Tala auf den Knopf drückte, flammte das Licht so grell auf, dass sie den Gegenstand schnell an Jacob zurückgab. »Wo hast du das her?«

»Von meinen Eltern«, murmelte Jacob. »Sie haben zwei davon gek-k-kauft, als wir zum ersten Mal auf W-w-wolfstour gegangen sind.«

Tala ließ ihre Finger durch den Lichtschein gleiten, aber sie spürte keine Hitze wie von Flammen. »Nicht schlecht. Wärmt es uns auch?«

Jacob musste lachen und schaltete die Flashlight wieder aus. »Nein. Da drin brennt ein künstliches Licht, kein Feuer oder so. Aber es hilft, wenn alles um dich d-d-dunkel ist.«

»Was hast du denn noch alles in deinen Taschen?«, fragte Tala neugierig. Vielleicht konnte Jacob ja doch zaubern, und sie mussten gar kein Eichhörnchen umbringen, um satt zu werden?

Jacob zögerte. Dann griff er in seine Hosentasche und förderte ein winziges, mehrfach gefaltetes Stück Papier zutage. Er hielt erneut inne, dann faltete er es auseinander und drückte noch einmal auf den Knopf an der Flashlight, damit Tala besser sehen konnte.

Es war ein Bild, zerknickt und abgewetzt, aber trotzdem ein sehr schönes Bild. Es zeigte Jacob zusammen mit einer Frau mit langen Haaren im gelben Kleid und einem bärtigen Mann, und sie alle lachten fröhlich und sahen Jacob ziemlich ähnlich. Tala erkannte eine kleine Hütte inmitten eines Walds aus Bäumen, die gelb blühende Kronen trugen. Solche Bäume hatte sie noch nie gesehen, und doch kam ihr etwas an dem Bild bekannt vor, auch wenn sie nicht darauf kam, was es war.

»Die Räuber haben es z-z-zertreten. Als sie uns a-a-ausge-raubt haben. Aber zum Glück war es noch da.« Jacob faltete es sorgsam wieder zusammen und schob es zurück in seine Tasche. Die Flashlight flackerte, und ihr Licht wurde schwächer. »Sie wird nicht mehr lange l-l-leuchten«, verkündete er leise und drückte auf den Knopf.

Graublaue Dunkelheit umschlang sie. Hinter Talas Lidern flimmerte es, so als wäre das grelle Licht der Flashlight noch da. Verwirrt kniff sie die Lider zusammen und ließ den Kopf gegen die Wand sinken.

»Was machen wir denn jetzt? Wir haben nichts. Dein Zauberlicht wird uns auch nicht helfen, etwas zu essen zu finden.« Und wenn wir verhungert sind und meine Familie uns findet, werden sie noch über mich lachen, dachte Tala grimmig. Weil sie nicht mal in der Lage gewesen war, einen einzigen Tag in der Wildnis zu überstehen. Die unfähigste Jägerin, die man je gesehen hatte. Ihr Kopf dröhnte, und ihr Magen knurrte erbärmlich vor lauter Hunger.

»Tala«, flüsterte Jacob da. »Guck m-m-mal!«

Tala öffnete ihre Augen und sah – Saphira. Die schneefarbene Stute hatte ihren Kopf gesenkt und sich so dicht vor die Öffnung gestellt, dass sie das verbleibende Tageslicht beinahe komplett aussperrte. Ihre Augen funkelten wie der Nachthimmel, und mit einem Schlag waren all die bösen Gedanken wie weggezaubert.

»Du willst uns wohl endlich da rauslocken, was?« Tala musste lachen, als Saphira lautstark ihre Antwort prustete. Sie griff nach der Decke, unter der Jacob und sie geschlafen hatten, rollte sie sorgsam zu einer Wulst und hängte sich fest entschlossen ihren Bogen und den Köcher um. Die Stute zog sich zurück, und Tala krabbelte mit eingezogenen Schultern hinaus in die beginnende Nacht, wo ein kalter Wind den bohrenden Hunger fortblies.

»Ich hoffe, deine Nacht war besser als unsere. Oder besser – dein Tag!« Tala strich ihr über das dichte Fell, dann legte sie Saphira die Satteldecke auf und schnallte ihr das Halfter um. »Wir müssen Jacob noch etwas erklären. Und das wird ihm gar nicht gefallen. Aber schließlich sind wir nicht zum Spaß weggelaufen – wir haben eine Mission! Du hilfst mir doch, oder? Du fürchtest dich nicht vor dem weißen Wolf. Ich schaffe das nicht allein, Saphira, ich brauche deine Hilfe! Du musst sehr stark sein jetzt. Du musst nämlich ein Wolfspferd sein!«

Saphira wusste, dass sie weit laufen konnte. Und auch, dass sie schnell war. Sie liebte es, zu rennen, sie wurde nicht müde davon, nur hungriger. Aber in der dritten Nacht ihrer Flucht merkte sie, wie ihr die Glieder schwer wurden. Das ständige Bergauflaufen ermüdete sie, und die Dunkelheit tat ihr Übriges, denn so musste sie sich doppelt anstrengen, um ihren Weg zu finden.

Was müssen wir auch immer in der Nacht reiten, wo es noch mal kälter und unwirtlicher ist?, dachte sie und schüttelte ihre leuchtend weiße Mähne. Dann fiel es ihr wieder ein: Nacht war es gewesen, wenn die Wölfe geheult hatten. Sie flohen in den Schutz der

Dunkelheit, damit sie nicht gestört wurden. Ob der weiße Wolf wohl auch so dachte? Nein, bestimmt nicht. Denn wie wollte man sich sicher fühlen, wenn man selbst in der dunkelsten Nacht leuchtete wie der Mond am Himmel?

Saphira stapfte weiter, Schritt für Schritt. Ihr Rücken tat ihr weh. Tala spürte sie kaum, ihr Gewicht fühlte sich so vertraut an wie ihr eigenes. Aber nun musste sie Jacob auch noch schleppen, und obwohl der Junge zierlich war, machte ihr das zusätzliche Gewicht zu schaffen. Manchmal, wenn es sehr steil wurde oder einen besonders rutschigen Hang hinaufging, stiegen Tala und Jacob ab und liefen neben ihr her. Das tat zwar gut, aber leichter machte es den Weg trotzdem nicht.

»Nicht mehr lang«, versicherte Tala ihr immer wieder. »Wir schaffen es, du wirst sehen. Wir müssen einfach!«

Warum sie es schaffen mussten, ein Wolfspferd aus ihr zu machen, das hatte Saphira nicht verstanden. Aber dass es Tala sehr wichtig war, durch den verschneiten Bergwald zu stapfen, das spürte sie deutlich. Und das genügte Saphira. Ihre Freundin musste hinauf auf diesen Berg, so einfach war das. Nichts anderes zählte.

Und dann passierte es, so unverhofft, dass Saphira stehen blieb und beide Ohren aufrichtete, um nur ja keinen Ton zu verpassen von dem unheimlichsten und zugleich wundersamsten Laut, den sie sich vorstellen konnte – dem Heulen des Geisterwolfes.

11. Auf der Spur des weißen Wolfs

Sie behielten ihren Rhythmus bei, schliefen bei Tag und ritten in der Nacht. Irgendwie kam es Tala so vor, als wäre das eine gute Idee – falls die Jäger nach ihnen suchten (und das würden sie ohne Zweifel tun), würden sie es schwerer haben, sie in einer Höhle oder unter einem Baumversteck aufzuspüren, als sie reitend auf der Ebene zu entdecken. Aber schon nach zwei Nächten war sie gar nicht mehr so sicher, ob Pollo tatsächlich nach ihr suchte. Inzwischen hatte es ein paarmal ziemlich heftig geschneit, er konnte ihre Spuren also gar nicht mehr finden.

Oder war es ihm ganz recht, dass sie und Jacob verschwunden waren? Immerhin mussten so zwei Esser weniger versorgt werden, und Saphira … ihr fiel wieder ein, was sie mit Saphira vorgehabt hatten, und augenblicklich verscheuchte sie jeden Gedanken an ihre Familie. Oh nein. Wenn sie sich Sorgen machten, dann geschah ihnen das nur recht! Und sie würde ja gar nicht für immer verschwunden bleiben, sie holte sich nur die Belohnung ab und dann – ja, dann würde alles gut werden! Ganz bestimmt.

Müdigkeit überfiel sie. Obwohl sie die Tage komplett ver-schlief, wurde sie kaum noch richtig wach. Die Nacht kostete viel Energie, und Jacob kostete Nerven, denn er war schuld, dass sie zwei ihrer sieben Pfeile verschossen hatte – einmal, als sie auf ein fliehendes Reh gezielt hatte und der Schuss danebenging, weil er rumgezappelt hatte; ein zweites Mal, als er versuchte, selbst auf ein sitzendes uraltes Kaninchen zu zielen, das allem Anschein nach verletzt war. Jacob hatte so gezittert, dass ihm der Bogen um die Nase geflogen und der Pfeil in zwei Teile zersplittert war. Seitdem legte Tala weder Bogen noch Köcher aus der Hand.

Am dritten Tag schließlich hatten sie es beide nicht mehr ausgehalten vor Hunger, und Tala hatte einen kleinen Fuchs er-legt, der gerade Jagd auf einen Schneehasen machte. Der Hase hoppelte davon; so hatten sie wenigstens sein Leben gerettet. Eine Stunde lang hatte Jacob sich noch geweigert, den Fuchs zu essen, aber schließlich hatte er es doch nicht mehr ausgehal-ten, und sie hatten sich die Beute geteilt und sogar noch etwas für den nächsten Tag aufgehoben.

»Findest du es schlimm, dass ich ihn erlegt habe?«, fragte Tala.

»Ja und n-n-nein«, antwortete Jacob. »Wenn du ihn nicht e-e-erlegt hättest, wären wir jetzt verhungert.«

»Ich wollte ihn nicht töten«, sagte Tala leise. »Und musste es trotzdem tun. Doch wir haben ihn gut verwertet, wir haben sein Fleisch nicht vergeudet. Das ist doch auch etwas wert, meinst du nicht?«

Jacob sah zu dem Fuchsfell, das an Talas Seite baumelte. »Ja«, murmelte er. »Das ist nur f-f-fair.«

Schließlich setzte das Heulen ein. Derselbe Laut, den sie schon im Lager gehört hatten. Ob er zu dem weißen Wolf gehörte oder zu einem anderen, normalen Rudel, wusste Tala nicht. Und eigentlich war es auch nicht wichtig. Das Heulen leitete sie, und so war es nicht schwer, den Weg zu finden. Sie erlegten ein Kaninchen und ein Reh, das sich den Hinterlauf gebrochen hatte und bloß noch humpeln konnte. Tranken Schneewasser und brauten Tee aus Kräutern, die Tala unter der Erde fand. Jeder Tag, jede Nacht war neu, ein frisches Abenteuer. Und jede Stunde, die sie sich von ihrer Familie entfernte, fiel ihr ihre selbst auferlegte Aufgabe schwerer.

Manchmal, wenn sie so durch die Nacht ritten und der tief verschneite Wald ihre Schritte verschluckte, war es so still um sie herum, dass Jacob sich zu fürchten begann. Also fing Tala an, ihn auszufragen, nach seinen Eltern und seinem Leben, das Leben auf dem Foto, und Jacob erzählte von ihrem Haus in einer Stadt, von der Schule, auf die er ging, von seinen Freunden und vom Klavierspielen, das seine große Leidenschaft war. Er stotterte immer weniger, je länger er redete, und vor allem rutschte er nicht mehr so hilflos von links nach rechts mit seinem Po, sondern saß richtig sicher hinter ihr auf dem Pferderücken.

»Und wie lange bist du schon hier?«, wollte Tala wissen. »Wart ihr schon lange bei den Felsen, bevor euch die Räuber überfallen haben?«

»Nein, erst seit w-w-wenigen T-t-tagen. Vorher waren w-w-wir in der Wildnis, immer dort, wo es w-w-wilde Wölfe gab. Für diesen W-w-winter waren sie eigentlich fertig mit ihrer Arbeit. Wir wollten nach Hause fahren, aber dann – dann kamen die R-r-räuber.«

Tala merkte, dass sie zu viel gefragt hatte. Jetzt würde Jacob bestimmt wieder traurig werden, weil sie von seinen Eltern immer noch keine Spur entdeckt hatten. Also dachte sie schnell nach, was sie ihm erzählen könnte, und das Erste, was ihr einfiel, war die Legende, von der Calan damals am Feuer gesprochen hatte. Bevor all das Unglück geschah.

»Es gibt eine Legende von einem weißen Wolf. Willst du sie hören?«

Jacob nickte, also erzählte sie. Natürlich konnte sie sich nicht mehr an jedes Wort erinnern, aber worum es in der Legende ging, das wusste sie noch: das Wolfskind, weiß geboren, mit roten, schneeblinden Augen. Wie es von seiner Wolfsfamilie zurückgelassen wurde und kläglich verhungert wäre, hätte ihn nicht diese Stute entdeckt. Sie war schneeweiß, wie er, und hatte selbst ein Fohlen. Doch sie floh nicht vor ihm, sondern gab ihm ihre Milch zu trinken und rettete damit sein Leben.

Jacob lachte nicht, er hörte andächtig zu, also erzählte sie ihm auch noch, wie die Geschichte weiterging: dass nämlich

Jäger kamen und die Herde der Stute bis an den Rand einer Schlucht trieben. Sie alle wären hinabgestürzt und gestorben, doch plötzlich ertönte ein fürchterliches Geheul. Es klang, als wäre ein ganzes Wolfsrudel hinter den Jägern her, dabei war es nur ein einziger Wolf, der weiße nämlich, dessen Heulen von den Felswänden aufgefangen wurde und als Echo von allen Seiten zurückkam. Die Jäger flohen voller Angst, und die Pferde waren gerettet.

»Und der weiße Wolf hatte seine Schuld bei der weißen Stute beglichen«, schloss Tala und lächelte zufrieden. Ob die Legende nun stimmte oder nicht – es war ein schöner Gedanke, wie so unterschiedliche Geschöpfe einander helfen konnten.

Eine ganze Weile lang sagte Jacob nichts dazu. Sie ritten wieder schweigend durch die Stille, und Tala dachte schon, er wäre eingeschlafen, aber da hörte sie plötzlich seine leise Stimme in ihrem Nacken.

»Tala? Ich glaube, ich k-k-kenne die Geschichte schon. Also nicht die von der Stute. Aber die mit der Schlucht und dem Wolf!«

Tala drehte sich so überrascht um, dass Jacob beinahe von Saphiras Rücken gerutscht wäre. »Was sagst du da? Woher kennst du sie?«

»Es gibt B-b-bilder davon. In der Schlucht, wo wir g-g-gewohnt haben.«

Bilder – in einer Schlucht? Verwirrt furchte Tala die Stirn. Die Zeichnungen im Stein! Natürlich! Wieso war ihr das nicht früher aufgefallen? »Aber woher weißt du, dass es dieselbe Geschichte ist?«, fragte sie Jacob. »Und genau dieser Wolf?«

»Weil es in einem B-b-buch stand. Über die Gegend. Meine M-m-mutter hat es mir vorgelesen, gleich am ersten Tag, als wir die Schlucht erkundet haben.«

»Dann ist die Legende wahr«, flüsterte Tala. »Der weiße Wolf hat die Pferde bei unserer Schlucht gerettet!«

»Ob der Rest wohl auch stimmt?«, überlegte Jacob laut.

»Aber natürlich. Diese Stute muss ein ganz besonderes Pferd gewesen sein.« Sie beugte sich vor und strich mit der flachen Hand über den weiß schimmernden Hals. »Genau wie Saphira!«

Irgendwann öffnete sich der Wald, und sie ritten durch ein Meer aus Mondlicht. Ihr Weg schien nun aus lauter Inseln zu bestehen, Inseln aus Licht und Schnee, und immer wenn sie wieder in ein Waldstück eintauchten, wurden Saphiras Schritte schneller.

Die Hochebene lag nun vor ihnen. Tala ließ Saphira anhalten und blickte andächtig an den Berghängen entlang. So hoch oben war sie noch nie gewesen! Fast schien es, als hätten sie die Geräusche ebenfalls dort unten im Tal zurückgelassen, denn hier oben umgab sie eine fast gespenstische Stille.

»Auf, mein Wolfspferd«, flüsterte sie Saphira zu. »Wir sind beinahe am Ziel, ich spüre es!«

Saphira schritt weit aus, als sie den ersten Berggipfel erreichten. Der kalte Nachtwind kroch ihr unters Fell, und sie begann, mit ihren Muskeln zu zittern, um auf diese Art ein wenig Wärme zu erzeugen. Wärme für sie selbst, aber auch für die beiden Kinder, die sich auf ihren Rücken kauerten und selbst unter der schützenden Felldecke froren, sodass sie ihr Bibbern bis ins Mark spüren konnte.

Tala lehnte sich vor und flüsterte ihr zu: »Bald hast du es geschafft, Saphira. Von hier oben kam das Heulen, wir müssen den Wölfen schon ganz nah sein!«

Ein weites Schneefeld streckte sich vor ihnen aus, gespenstisch ausgeleuchtet vom milchig-blauen Schein des vollen Mondes. Saphira hob den Kopf und sog die dünne Eisluft tief in ihre Lungen. So hoch oben war auch sie noch nie gewesen, nicht mal als Fohlen, obwohl sie in den Bergen groß geworden war! Wie still es um sie her war und wie schön der Mond ...

Ein Schatten wuchs plötzlich aus dem Boden empor, gefolgt von einem zweiten, zierlicheren. Saphira stoppte ihren Schritt und verharrte. Andächtig beobachtete sie, wie die großen Wölfe ihre Köpfe aneinanderrieben und lautlos durch den Schnee liefen. Sie hatten sie nicht bemerkt, sie glaubten sich allein unter dem Mond, so wie jede Nacht. Tala krallte ihre Hände in ihre Mähne. Saphira spürte ihre Aufregung und auch ein bisschen Angst, aber die konnte auch von Jacob kommen. Die Wölfe lauschten in die Dunkelheit, hoben witternd ihre Nasen, aber der Wind stand günstig, und so bemerkten sie Saphira und die beiden Reiter nicht.

Ein weiterer Schatten schob sich aus der unsichtbaren Höhle unter dem Eis, so klein, dass Saphira ihn beinahe für einen Schneehasen gehalten hätte. Drei weitere Minischatten folgten, und sofort begannen sie, übermütig über die unberührte Glitzerfläche zu jagen und sich gegenseitig in die Ruten zu beißen.

Ungeduldig rutschte Tala auf ihrem Rücken herum, und Saphira wusste, worauf sie wartete: den Geisterwolf. »Wo ist er?« Talas Stimme war nur ein Wispern, dennoch füllte sie die Stille aus, als habe sie laut gebrüllt. Saphira machte zwei vorsichtige Schritte zur Seite. Es war nur eine Ahnung, ein uraltes Wissen, das sie in sich trug ... aber sie wusste mit Sicherheit, dass die Wölfe sehr feine Ohren hatten. Sie konnten sie hören, selbst wenn sie nur an sie dachten.

»Vielleicht hat er das Rudel bereits verlassen«, flüsterte Jacob zurück. »Junge Wölfe müssen irgendwann ihre eigene Familie gründen!«

Einer der Miniwölfe blieb plötzlich stehen und hob lauschend den Kopf. Sein Ohr, das ihm noch halb ins Gesicht hing, suchte die Richtung ab, aus der seine feinen Sinne die fremden Geräusche aufgeschnuppt hatten. Auch die anderen Wolfskinder stoppten ihr Spiel, um zu sehen, was ihr Bruder entdeckt hatte. Sofort kam der große Wolf herangetrabt, lief beschützend um die Kleinen herum und witterte nun ebenfalls.

Unruhe packte Saphira. Sie standen völlig ungeschützt, bis zum Wald zurück würden sie es nicht schaffen, wenn der Wolf die Verfolgung aufnahm! Zum Glück merkte Tala nun, was sie angerichtet hatten, denn kein Laut kam mehr über ihre Lippen. Angstvoll krallte sie ihre Hand wieder in Saphiras Mähne und hielt sich schutzsuchend an ihr fest.

Der große Wolf stieß ein Knurren aus. Seine gelben Augen funkelten raubtierhaft im Schein des Mondes, und Saphira konnte das Weiß seiner Zähne unter seinen zurückgezogenen Lefzen aufblitzen sehen. Ihr Herzschlag begann zu rasen. Sie sah, dass sich die Miniwölfe um ihren Vater scharten und ungeduldig auf sein Kommando zu warten schienen. Diesmal war es ernst, und Saphira wusste es. Dies war kein Spiel mehr. Sie hatte gesehen, was hungrige Wölfe mit einem Pferd anstellen konnten, und ohne weiter über ihre Chancen nachzudenken, wirbelte sie herum, balancierte das Gewicht der Reiter auf ihrem Rücken aus, sodass keiner hinunterfiel, und galoppierte auf der rutschigen Schneedecke zurück zum Wald, so schnell sie konnte.

Erst nach einer Weile fiel Saphira auf, dass sie ganz umsonst so schnell rannte, denn die Wölfe folgten ihr nicht. Oder doch, sie folgten ihr, aber sie taten es so träge und langsam, als wäre sie einer Mahlzeit nicht würdig. Fast schon beleidigt verlangsamte sie ihren Lauf und warf einen Blick zurück, da schrie Tala plötzlich hell auf: »Vorsicht, Saphira!«

Die Wölfin sprang hinter einem Baum hervor und stürzte knurrend und zähnefletschend in ihren Weg. Saphira sprang zurück und stieg hoch auf die Hinterbeine. Sie brauchte sich nicht umzusehen, um zu wissen, dass die restlichen Wölfe nun ebenfalls kamen – sie saßen in der Falle!

Nur knapp verfehlten ihre Hufe den zierlichen Kopf der Wölfin. Deren graues Fell verschmolz beinahe mit dem blassblauen Nachtschnee, nur ihr stechender Blick verriet sie. Saphira zielte erneut auf ihren Schädel, da packte etwas sie am Schweif, und vier spitze Milchzähne bohrten sich in ihre Fessel.

»Hört auf, lass sie in Ruhe, hört auf, hört auf!« Tala schlug mit ihrem Bogen nach den Miniwölfen und schaffte es, dass Saphira ihr Bein wieder freibekam. Doch sie war abgelenkt und hatte nicht mehr auf die Wölfin geachtet, die sich nun zum Sprung bereit machte. Um ihre Jungen zu beschützen, würde sie ihr auch in die Kehle beißen. Tala schrie und fuchtelte noch wilder herum, und obwohl Saphira ahnte, wie ausweglos ihr Kampf war, wollte sie doch noch nicht aufgeben – sie musste wenigstens Tala retten, irgendwie!

Die Wölfin duckte sich, und Saphira stellte sich ein letztes Mal auf die Hinterhand, legte all ihre verbliebene Kraft in den letzten Schlag ihrer Hufe – da hallte ein Heulen durch die Nacht, ein solch machtvoller Laut, der ihre Bewegungen erstarren ließ. Saphiras Hufe knallten auf den Schnee, und die Wölfe zogen die Köpfe ein, duckten sich, als bekämen sie von dem Heulton Ohrenschmerzen. Der große Wolf knurrte einen Befehl, dann flogen ihre Körper herum, und sie alle rannten lautlos zur Höhle zurück.

»Du kannst die Augen wieder aufmachen«, sagte Tala zu Jacob. »Sie sind weg!«

Saphira stand schnaufend da und suchte mit ihren Sinnen die Umgebung ab. Der Wald lag wie ein riesiger dunkler Schatten vor ihnen und versprach Schutz und Sicherheit, doch von irgendwo dort kam auch das Heulen, und Saphira wagte nicht, sich ihm zu nähern.

»Hörst du das nicht?« Jacobs Stimme war hell vor Angst. »Der andere Wolf hat sie vertrieben. Das hier ist sein Revier! Wir müssen hier weg, schnell!«

Tala klopfte mit ihren Füßen gegen Saphiras Bauch und trieb sie an, dem dunklen Wald entgegen, und Saphira gehorchte. Sie wusste selbst nicht, warum – vielleicht, weil das unheimliche Heulen sie vor den anderen Wölfen gerettet hatte? Tief in sich spürte sie, dass ihr nun keine Gefahr mehr drohte.

Die schneebeladenen Nadelbäume schluckten sie, und das Mondlicht verschwand. Tiefe Dunkelheit verhüllte ihren Weg, doch Saphira schritt zielsicher über verborgene Wurzeln und Farne hinweg, immer tiefer in den Wald hinein. Zwei seltsame rote Lichtpunkte tanzten zwischen den Ästen, und Saphira lief darauf zu, wie magisch angezogen – bis sie urplötzlich innehielt und in das Gesicht eines riesigen Wolfes sah, eines Wolfes, der wie sie mit dem Schnee verschmolz und dessen Augen wie Feuer glühten. Etwas regte sich in ihr, eine tief verborgene, uralte Gewissheit. Dieser Wolf war anders als die anderen, sie spürte es – ein unsichtbares Band hatte sie zu ihm hingezogen!

»Ich glaub es nicht«, keuchte Tala über ihrem Hals. »Du hast ihn gefunden, Saphira! Du hast den weißen Wolf gefunden.«

12. Ein zweifelhafter Plan

Der weiße Wolf starrte sie an.

Tala hielt den Atem an. Saphira, Jacob und sie – Auge in Auge mit diesem riesigen Wolf! Noch nie in ihrem Leben hatte sie ein Tier mit rot glühenden Augen gesehen. Doch seltsamerweise verspürte sie keine Angst. Vielleicht, weil der Schreck, den sie eben erlebt hatten, noch für etliche Nächte ausreichte. Oder weil etwas seltsam war an der Art, wie der Wolf dasaß. Fast so … als könnte er sich gar nicht auf sie zubewegen.

Sie brauchte eine ganze Weile, bis sie wagte, von Saphiras Rücken zu springen. Dabei kam sie sich nicht mal besonders mutig vor – sie tat einfach, was sich für sie instinktiv richtig anfühlte. Vorsichtig machte sie einen ersten Schritt auf den weißen Wolf zu. Und dann noch einen. Und schließlich sah sie, warum seine Augen so glühten – kein Hunger, keine Angriffslust, sondern ein fiebriges Glänzen. Der Wolf hatte Schmerzen!

Nun war Tala nicht mehr zu bremsen. Sie führte Saphira seitlich um den Wolf und war mit wenigen Schritten nah genug bei ihm, um das ganze Ausmaß seiner Qual zu erkennen.

Mit dem rechten Vorderlauf war er in ein tiefes Loch geraten und steckte so fest darin, dass er sich die Haut bis zum Knochen wund gescheuert hatte. Blut tropfte aus der Wunde in den Schnee, und Tala konnte sehen, dass diese sich bereits entzündet hatte. Das musste höllisch wehtun. Aber warum befreite er sich nicht einfach? Sie ging ein Stück um seinen Kopf herum, da bemerkte sie, dass er in kein gewöhnliches Loch geraten war, sondern in eine Falle voller angespitzter, nach oben gerichteter Äste, die seinen Fuß regelrecht aufgespießt hatten.

»D-d-das ist ja eine W-w-wolfsfalle!« Jacob war ebenfalls abgesprungen und trat nun hinter sie. Er spähte hinter ihrem Rücken hervor und deutete auf das Loch. »Man b-b-baut ein Loch und l l lockt den W w wolf mit Kadavern an. Wenn er g-g-genau über dem L-l-loch ist, fällt er hinein und ist t-t-tot.«

Voller Abscheu schüttelte Tala den Kopf. »Haben deine Eltern das etwa gemacht?«

»N-n-nein! N-n-natürlich nicht. M-M-Meine Eltern b-b-beobachten Wölfe nur. A-a-aber es gibt Menschen, die b-b-bauen solche gemeinen Fallen. Weil sie sich vor den W-w-wölfen fürchten.«

»Dann ist es ja gut, dass wir hergekommen sind. Wir werden ihn nämlich aus dieser scheußlichen Falle befreien!«

Jacob machte große Augen und wechselte einen Blick mit Saphira, so als könnte nur sie Tala zur Vernunft bringen. »D-d-das geht nicht. Er wird dich b-b-beißen!«

»Das wird er schon nicht«, behauptete Tala fest. Ihr Herz klopfte zum Zerspringen, aber das durfte sie sich nicht anmerken lassen. Er würde ihre Angst riechen, und dann war sie tatsächlich verloren. »Außerdem sind wir doch wegen ihm den weiten Weg gekommen, oder?«

Sie wandte sich zu Saphira. »Bleib stehen. Hab keine Angst, ja?« Tala ließ ihren Zügel los. Sie bückte sich und suchte den Waldboden nach einem passenden Werkzeug ab. Jacob zögerte kurz, dann zog er seine Flashlight hervor und leuchtete damit in das Loch, damit Tala in dem dunklen Loch wenigstens etwas sehen konnte.

»Mach es aus«, wisperte Tala. »Er fürchtet sich bestimmt davor!«

Jacob gehorchte, und Tala trat mutig auf den gefangenen Wolf zu. Sie streckte die Hand aus und berührte das weiche Fell des Weißen. Eigentlich war sie darauf gefasst, ihre Hand sofort in Sicherheit zu bringen, sollten die kräftigen Zähne nach ihr schnappen, doch nichts geschah – die seltsamen roten Leuchtaugen des Wolfs ruhten auf ihr und beobachteten jede ihrer Bewegungen, doch er rührte sich nicht, selbst als sie mit beiden Händen nach seinem eingeklemmten Bein griff und es vorsichtig aus dem spitzen Gefängnis zu befreien versuchte.

Zuerst bewegte sich gar nichts, der Stock hatte sich zu tief in die Haut des Wolfs gebohrt. Er zuckte vor Schmerz, und Talas Hand begann vor Anstrengung zu zittern. Sie achtete nicht mehr auf die Gefahr, konzentrierte sich nur noch darauf, das Bein freizukriegen, und dann endlich spürte sie, wie das Holz nachgab. Ein Ruck ging durch das Fell unter ihren Fingern – der Wolf war frei.

Tala rollte sich zur Seite, als der Wolf plötzlich auf seine drei gesunden Pfoten sprang und ein Stück zur Seite taumelte. Er schwankte, fing sich wieder und stand schließlich – auf drei Beinen, den schmerzenden Lauf von sich weggestreckt wie einen Fremdkörper.

»Wow«, flüsterte Jacob andächtig. »Wie r-r-riesengroß er ist!«

»Schnell«, sagte Tala leise, »zieh Saphira das Halfter über den Kopf und gib es mir!«

Jacob gehorchte, und Tala schwang das Zügelende geschickt durch die Luft und warf es dem Wolf wie ein Lasso um den Hals. Der Wolf duckte sich, wollte die neue Fessel abstreifen, doch Tala zog die Schlinge zu und wappnete sich für den Kampf, der gleich folgen würde. Aber nichts geschah – der Wolf schüttelte sich nur kurz. Dann ließ er sich aufstöhnend zurück in den Schnee fallen, wo er begann, seine Wunde zu lecken.

»D-d-du hast echt Nerven!« Jacob starrte von Saphiras Zügeln zu dem Wolf und wieder zu Tala. »S-s-so fängt man doch keinen W-w-wolf!«

»Wie du siehst!« Tala grinste, doch ihre Miene wurde sofort wieder ernst. »Los, hilf mir! Wir müssen ein Feuer machen und etwas Schnee schmelzen. Außerdem muss ich Brennnesselkraut und Wacholderbeeren finden und etwas Birkenrinde, darin kochen wir ein Stück meiner Kleidung aus und binden es dem Wolf um den Fuß. Die Wunde blutet noch, mit etwas Glück stoppen wir so die Entzündung, und er wird wieder gesund!«

»Tala?«

Tala war schon aufgesprungen und sah sich aufmerksam um. »Hm?«

»Du bist das verrückteste M-m-mädchen, das ich je getroffen habe.«

Später dann, viel später, als bereits der Morgen graute, lag der weiße Wolf schlafend im Schnee und hielt seinen verletzten Vorderlauf von sich gestreckt. Tala befühlte seinen Verband mit zaghaften Fingern, doch er saß noch immer fest, und die Kräuterbrühe tränkte das wunde Fleisch mit heilender Substanz. Vorsichtig strich sie über das zerzauste Fell. Ganz dick und warm fühlte es sich an, voller schützender Unterwolle, sodass der Wolf selbst auf der eiskalten Schneedecke nicht frieren würde.

So ganz konnte sie noch immer nicht fassen, dass sie tatsächlich neben dem weißen Wolf im Schnee hockte und auf seinen kraftvollen Herzschlag lauschte. Er verdankt uns sein

Leben, dachte sie – aber ist es dafür okay, was wir mit ihm vorhaben?

Sie warteten, bis Tageslicht durch die Baumwipfel fiel und sie die Konturen ihrer Umgebung wieder klar erkennen konnte. Normalerweise hieß Tagesanbruch für sie und Jacob Schlafenszeit, doch ab heute war alles anders. Tala lief mit prüfender Miene um Saphira herum, knotete die Decke auf, legte sie Saphira um den Hals, dann zurück auf den Rücken, und schließlich führte sie das Fellteil um ihre Brust herum und verknotete es hinter ihrem Schweif. Nun würden sie und Jacob zwar laufen müssen, denn sie besaßen keinen Sattel und keine Trense für Saphira mehr – doch wenn ihr Vorhaben dafür klappte, war es die Anstrengung wert.

»Was wird d-d-denn das?« Jacob hatte geschlafen, aber nicht tief, denn jetzt schlug er die Augen auf und musterte die seltsame Konstruktion aus Decken und Riemen um Saphiras Brust. Er sah zu, wie Tala die Decke aufrollte und an beiden Enden an den Riemen festband, dann riss er vor Überraschung den Mund auf. »Eine Trage? D-d-du willst ihn doch nicht damit …?«

»Natürlich. Wie sonst? Willst du ihn selbst schleppen? Oder sollen wir ihn etwa auf Saphiras Rücken legen?« Sie seufzte, zeigte auf den friedlich schlummernden Wolf. »Die Kräuter und seine Schmerzen haben ihn schläfrig gemacht, er wird eine ganze Weile nicht aufwachen – und das ist auch besser so, meinst du nicht?« Tala ließ Saphira ein Stück zurückgehen, sodass sie die Decke halb unter den schlafenden Wolf drücken konnte. Dann packte sie mutig seinen heilen Vorderlauf und schickte Jacob ans andere Ende. Gemeinsam wuchteten sie den schlafenden Wolf herum, sodass er komplett auf der Decke lag – oder besser: auf seiner Trage ins Ungewisse.

»D-d-du bist völlig irre.« Jacob hielt das Zügelende von Saphira in den Händen und sah aus, als wäre er am liebsten davongelaufen. »Das lässt er n-n-niemals mit sich machen! W-w-wenn er aufwacht –«

»Er wacht nicht auf. Nicht, wenn wir schnell machen. Also los!«

Tala trat an Saphiras Seite und schnalzte mit der Zunge. Die weiße Stute sah sie ebenso zweifelnd an wie Jacob, aber Tala legte ihr beschwichtigend die Hand auf die Mähne. »Komm schon, Mädchen. Du musst mir noch dieses eine Mal helfen! Dann gehen wir zurück, und du darfst wieder zu deiner Herde, ich verspreche es!«

Sie zogen durch den Schnee, die Spur entlang, die sie gekommen waren. Seit drei Tagen war kein Neuschnee gefallen, und noch sah man die Hufabdrücke, die Saphira hinterlassen hatte, den ganzen beschwerlichen Aufstieg lang. Ohne Pause wanderten sie, den ganzen Tag, bis die Sonne abermals am Horizont versank und Kälte und Dunkelheit ihren Weg begleiteten. Als Jacob schließlich so müde wurde, dass ihm die Beine wegsackten, half Tala ihm auf Saphiras Rücken und ließ ihn dort schlafen, während sie selbst weiterlief und gegen die

Erschöpfung ankämpfte, gegen die Kälte, die ihre Füße lähmen wollte, und gegen den Hunger, der schmerzhaft gegen ihre Rippen stieß.

Als zum zweiten Mal der Tag anbrach machten sie Rast, und Jacob hielt Wache über den Wolf, der immer noch tief und fest schlief. Tala sank auf die zerschlissene Felldecke und fiel in einen komatösen Schlaf. Sie träumte, dass sie sich ans weiche Fell des Wolfs kuscheln durfte, träumte, bis die Nacht wiederkam. Dann ließ sie Jacob bei Saphira zurück und machte sich allein mit Pfeil und Bogen auf den Weg, um ungesehen zu jagen. Es gelang ihr, einen unaufmerksamen Habicht zu erlegen, den sie sorgsam über einem kleinen Feuer briet. Für Saphira brach sie ein paar grüne Zweige ab; die blutigen Reste des Habichts schob sie dem Wolf unter die Lefzen, damit er nicht hungern musste, sollte er die Augen aufschlagen.

Die ganze Nacht durch wanderten sie weiter, auf Spuren, die kaum noch zu sehen waren, während von Westen her ein Sturm heraufzog. Ein eisiger Wind pfiff ihnen in den Ohren, und Tala musste die klammen Hände vor Nase und Augen halten, damit sie überhaupt noch etwas erkennen konnte. Schneeflocken wirbelten durch die Luft und verwandelten den Winterwald im Nu in ein undurchdringliches, fremdes Land.

»Keine Sorge«, rief sie Jacob zu, der am Ende seiner Kräfte angelangt war und abermals auf Saphiras Rücken saß. »Wir haben es nun wirklich bald geschafft!«

Schlafend und im tiefen Schnee versunken lag das kleine Dorf vor ihnen. Keine Lampe brannte, weder im schicken Holzhaus des Bürgermeisters noch hinter einem der anderen Fenster.

Sie schleiften die Bahre mit dem schlafenden weißen Wolf ungesehen die Hauptstraße entlang, und Tala nahm die Hand von der Nase, um zu schnuppern. Seltsam – sie roch gar nichts, nur den Schnee und das Harz, das auf den abgebrannten Holzscheiten in den Heizöfen geklebt hatte. Kein Essen, kein gebratenes Fleisch – nichts. Trotzdem wusste sie genau, wohin sie gehen musste: zwischen den Häusern durch, den Pfad hinunter, die letzten Behausungen hinter sich lassend. Und da parkte er schon: der blassgrüne Planwagen. Aber irgendwie hatte er beim letzten Mal nicht so schäbig ausgesehen. Täuschte sie sich? Bestimmt war sie nur müde. Kurz bevor sie den Planwagen erreicht hatten, blieb Saphira mit einem Ruck stehen und warf den Kopf nach oben.

»He, Mädchen – wir sind gleich da, nur noch ein kleines Stück, siehst du?«

Aber Saphira weigerte sich, auch nur einen Schritt zu tun. Instinktiv wollte Tala in die Zügel greifen, da erst fiel ihr ein, dass der Wolf noch immer ihren Trensenzaum umgebunden hatte und Saphira bislang völlig freiwillig neben ihr hergetrottet war, ja sogar Jacob auf ihrem Rücken trug!

»Okay«, sagte sie sanft zu ihrer Stute. »Du hast Angst vor ihr. Aber sie will gar nichts von dir, sie will nur den Wolf! Dir geschieht nichts, ich verspreche es.«

Saphira sah sie an, und ihre sonst so hellen Augen funkelten dunkel. Sie prustete und schüttelte entschieden die Mähne.

»Saphira, bitte!« Tala stemmte die Hände in die Hüften. »Wir haben es doch gleich geschafft! Hilf uns nur noch das kleine Stück, bitte!«

»Tala – s-s-sieh nur!« Jacob, der am Dorfrand von Saphiras Rücken gesprungen war, zappelte aufgeregt herum. Sein ausgestreckter Finger zeigte auf den Wolf, der sich nun langsam aufrichtete und mit blasser Zunge die Fleischreste des Habichts aufschleckte.

»Es geht ihm gut!« Tala ahnte, dass sie sich darüber nicht freuen sollte. Ein schlafender Wolf war um einiges leichter zu händeln als ein gesundeter, ausgeruhter Wolf! Trotzdem machte ihr Herz einen Satz vor Freude, als sie in die lodernde Glut seiner Augen blickte. »Dir geschieht bestimmt nichts«, flüsterte sie ihm zu. »Du wechselst nur den Schlafplatz, weißer Wolf!«

Auch Saphira wurde unruhig, als sie merkte, was sich hinter ihrem Rücken abspielte. Sie versuchte, die Bahre abzustreifen und den Wolf damit abzuschütteln, also packte Tala kurzerhand mit beiden Händen nach den Zügeln und zog den Wolf von der Decke herunter. Benommen torkelte er seitwärts und wäre um ein Haar über Tala drübergefallen.

»Halt ihn, halt ihn, so fest du kannst!« Ohne auf sein erschrockenes Gesicht zu achten, drückte Tala Jacob die Zügel in die Hände und rannte los, auf den Planwagen zu. Wie von

Geisterhand schwang die Tür auf, und das Gesicht der alten Frau erschien vor Talas Augen, ehe sie recht wusste, wie ihr geschah.

»Wir haben den Wolf«, stammelte sie und fühlte, wie ihre Glieder watteweich wurden. Wonach roch es nur so plötzlich? War das Mohnsaft? Aber …

»Das habt ihr gut gemacht«, hörte sie die Stimme der Alten, irgendwo hinter ihr oder neben ihr, so genau konnte sie das nicht sagen. Etwas in Talas Blickfeld regte sich, ein helles Tier, das laut knurrte und sich gegen die Fesseln wehrte, die ihm angelegt wurden. Dann krachte etwas neben ihr in den Schnee und öffnete sich. Sie versuchte, hineinzuspähen, doch Nebel stahl ihr die Sicht. Etwas glänzte golden, ein ganzer Sack voll, und eigentlich war es Tala auch egal, denn nun zerrte etwas an ihrem Arm, schleifte sie mit sich, sodass sie nur schnell nach dem Sack greifen und ihn fest an ihre Brust pressen konnte, bis der Nebel endlich nachließ und sie die Kälte wieder spürte, die ihren Körper einhüllte.

»Tala, Tala, m-m-mach die Augen auf, b-b-bitte!«

Benommen rappelte Tala sich hoch. »Jacob? Was ist passiert?«

»D-d-du bist ohnmächtig geworden. G-g-glaube ich.«

Saphira stupste sie mit der Nase an und prustete ihr warme Pferdespucke ins Ohr. Tala streckte eine Hand aus und krallte sich in ihrer Mähne fest, bis sie wieder auf den Füßen stand.

Am Boden vor ihr lag das Halfter, die Zügel zerrissen, die Riemen offen. Von dem weißen Wolf fehlte jede Spur.

»Wo ist er hin?« Suchend sah sie sich um. »Was hat sie mit ihm gemacht?«

Jacob sah sie ängstlich an. »A-a-aber du standest d-d-doch genau n-n-neben ihr! S-s-sie hat ihm einen M-M-Maulkorb verpasst und e-e-eine Stahlkette umgelegt. D-d-dann hat sie ihn m-m-mit sich geschleift. I-i-in ihren W-W-Wagen.«

»Da rein?« Tala rieb sich die Augen. Wie war das möglich, dass sie sich nicht daran erinnerte? Es war wie beim letzten Mal, etwas an diesem Wagen ließ sie den Verstand verlieren und an ihren Sinnen zweifeln! Dann besann sie sich auf ihre Mission, und ihr fiel der Sack wieder ein, der Sack mit dem Gold, den die Alte ihr als Belohnung gegeben hatte. Hastig packte sie ihn und hievte ihn auf die Decke, die noch immer an Saphiras ehemaliges Sattelfell geknotet war.

»Komm«, sagte sie müde zu Jacob. »Es wird Zeit, nach Hause zu reiten!«

13. Hexenlügen

Sie folgten dem Fluss, bis sie zur Biegung kamen, an der es in den Wald hineinging. Trübe, graue Schneewolken hatten ihren Weg begleitet, aber es schneite nicht, und die Sonne ließ sich auch nicht blicken. Der Himmel war ein riesiges, leeres Nichts und sah genauso aus, wie Tala sich fühlte.

Aber nun, da sie auf das zerstörte Lager zuritten, erwachte etwas in ihr. Tala sah die Umrisse der vertrauten Sträucher, roch die Glut der Asche und den unverkennbaren Duft ihrer Mutter, die sie unter tausend anderen Frauen herauserkannt hätte, und etwas in ihr schmolz dahin. Auf einmal war die Müdigkeit weg, sie spürte weder ihre steif gefrorenen Glieder noch ihre schmerzenden Beine, sie wollte jetzt bloß noch zu ihrer Mutter und sich in ihre Arme werfen und alles vergessen, alles, was geschehen war und sich so schrecklich anfühlte.

Jacob war an ihren Rücken gelehnt eingeschlafen. Sie hatte ihn nicht geweckt, weil er so erschöpft war. Saphira fand den Weg auch allein, und der Junge war die ganze Zeit über so tapfer gewesen, obwohl seine Eltern nach wie vor verschollen waren. Aber um Jacob würde sie sich später Gedanken machen. Jetzt würden sie zuerst einmal heimkehren.

Saphira schnaubte, als sie von der Flussseite in das Lager einbogen. Die Zelte standen wieder – wenigstens die meisten. Drei Hühner liefen dazwischen herum und die vier Schafe, die sie vom Bürgermeister des Dorfes bekommen hatten. Tala ließ Saphira mitten hindurchlaufen, und die Schafe stoben blökend auseinander.

Zwei Frauen entdeckten sie jetzt. Die eine schlug sich die Hand vor den Mund, während die andere herbeieilte und den schlafenden Jacob auffing, bevor er vom Pferderücken rutschte. Tala ritt weiter. Sie sah kaum noch etwas durch den dichten Schleier aus Nebel und Tränen, dafür hörte sie jemanden singen, und diese Stimme klang so tieftraurig, dass Tala gar nicht schnell genug zu ihr gelangen konnte. »Mama«, flüsterte sie, und der Gesang verstummte. Dann ließ sie sich von Saphiras Rücken fallen und warf sich ihrer Mutter um den Hals.

»Tala!« Ihre Mutter drückte sie an sich und vergrub ihr Gesicht in ihrem Haar. »Bist du es wirklich? Bist du wirklich wieder hier?«

»Ja, ja, bin ich – oh, Mama, es tut mir so leid, was geschehen ist, aber ich konnte doch nicht zulassen, dass ihr Saphira etwas antut. Stell dir vor, Jacob und ich haben den weißen Wolf gefunden und ihn zu der Alten gebracht, und jetzt habe ich einen

Sack voll Gold, und wir alle brauchen uns keine Sorgen mehr zu machen, nie wieder! Ist das nicht wunderbar?«

»Oh, Tala!« Ihre Mutter schluchzte auf und drückte sie an sich. Sie weinte so sehr, dass ihr ganzer Körper durchgeschüttelt wurde, dann küsste sie Tala auf die Stirn, die Wange, die Nase und den Mund. Normalerweise wäre ihr das peinlich gewesen, doch es sah ja niemand, und im Augenblick verspürte sie selbst das Bedürfnis, ihre Mutter ganz fest zu halten und niemals wieder loszulassen.

»Du musst nicht weinen«, versuchte sie, sie zu trösten. »Es wird alles wieder gut!«

Die Mutter lachte unter Tränen. »Du Dummchen, ich weine doch nicht deshalb! Ich weine, weil ich so glücklich bin, dich wiederzuhaben. Du lebst, es geht dir gut, und du bist bei mir. Nur das zählt, nichts sonst!«

Tala hätte sich gern wie ein Baby im Schoß ihrer Mutter eingekuschelt, um tief und behütet zu schlafen, doch Saphira stand noch neben dem Zelt, verschnürt in die Seile und Decken, die Tala zu der Trage umfunktioniert hatte. Saphira, die sie den ganzen Weg nach Hause getragen hatte, sie beide, und nun ebenso müde und erschöpft aussah, wie Tala sich fühlte.

»Bring Saphira schnell zu den anderen Pferden auf die Wiese«, wies ihre Mutter sie an. »Wir haben etwas Heu aufgetrieben, sie muss also keinen Hunger leiden.«

Odin hob den Kopf, als sie über den Hügel zur Wiese liefen. Saphira ging frei neben Tala, so, wie sie es all die Tage getan hatte, und sie wich erst von ihrer Seite, als Tala ihr den Befehl dazu gab. Sie spürte, dass der große Leithengst sie genau beobachtete. Seine Ohren zuckten, dann löste er sich aus der Herde und kam auf Saphira zu. Einen Augenblick sah es so aus, als würden sie sich begrüßen, Nase an Nase, als würde Odin sich über das Wiedersehen freuen, so wie ihre Mutter sich gefreut hatte – doch ganz plötzlich stellte sich der schwarze Hengst auf die Hinterbeine und wieherte gellend. Sein Kiefer klappte auf, und kraftvolle Zähne schnappten nach Saphiras Hals, dann hatte sie auch schon seine Hufe im Gesicht. Saphira – müde, ausgelaugt und vollkommen überrumpelt – reagierte nicht schnell genug, und so brachten Odins Tritte sie aus dem Gleichgewicht, und sie fiel hintüber in den Schnee.

»Saphira!« Tala lief los, fuchtelte wild mit den Armen. Es kümmerte sie nicht, wer da vor ihr stand – sie hatte so viel für ihre Stute riskiert, sie würde nicht tatenlos zusehen, wie Odin sie nun niedertrampelte! »Lass sie in Ruhe, du schwarzes Monster! Verschwinde! Sonst kriegst du es mit mir zu tun!«

Odin beachtete sie gar nicht, doch immerhin ließ er von Saphira ab und kehrte hoch erhobenen Hauptes zu der Herde zurück, die einträchtig um ein Heufeld herumstand und malmte.

Es war klar, dass Saphira nicht an dem Mahl teilnehmen durfte, also rempelte Tala Pferdeleiber zur Seite und schubste sich den Weg frei. Sie griff sich einen großen Arm voll Heu und bereitete Saphira einen eigenen Futterplatz unter der Lärche, wo sie geschützt war. Hier konnte sie in Ruhe fressen – um alles andere musste sie sich später kümmern.

Drüben im Lager hatte jemand das Feuer entzündet, und ein großes Stück Fleisch hing über einem Kessel, bereit, über der Glut geräuchert zu werden. Talas Magen grummelte schmerzhaft, und sie lief über den Hügel, zurück zum Zelt ihrer Mutter, wo sich die Jäger versammelten und einen Halbkreis um ihren Vater bildeten.

Augenblicklich versteinerte Tala. Sie duckte sich, müde und erschöpft wie Saphira, und fürchtete, ebenfalls ausgeschimpft und weggestoßen zu werden. Doch ihr Vater sah sie nur ruhig an, ehe sich die Männer teilten und den Weg frei machten, den Weg zu ihr hin, den ihr Vater mit langsamen, wiegenden Schritten zurücklegte.

»Es ist unverzeihlich, was du deiner Mutter angetan hast«, sagte er nur. »Sie war krank vor Sorge um dich und den Jungen.«

Tala warf ihrer Mutter einen raschen Blick zu, aber die schöne schwarzhaarige Frau senkte den Blick und sah weg, als wolle sie ihren Kummer geheim halten. Betreten schluckte Tala. Das war schlimmer, als wenn ihr Vater sie polternd vor allen ausgeschimpft hätte – viel schlimmer. Noch nie zuvor hatte sie ihre Mutter weinen sehen.

»Ich habe es für Saphira getan«, erklärte sie und hob den Blick. »Weil ihr sie töten wolltet. Das konnte ich nicht zulassen, weißt du überhaupt, was sie mir bedeutet?« Nun schossen

Tränen in Talas Augen, heiße Tränen der Erschöpfung und der Scham darüber, was sie angerichtet hatte. Aber auch Tränen der Wut, weil niemand sie verstehen wollte! »Saphira ist meine Schwester, meine treueste Gefährtin! Sie ist uns in die Berge gefolgt und hat uns ohne Sattel und Zügel nach Hause zurückgetragen. Niemals wieder finde ich ein Pferd, das so zu mir gehört wie sie. Du darfst sie mir nicht wegnehmen!«

Pollo zog die Brauen hoch. »Wer hat denn gesagt, dass ich dir Saphira wegnehmen will?«

»Du!« Tala biss sich auf die Lippen, aber es war schon zu spät. Außerdem war sie wütend auf sich selbst, weil sie schon wieder heulte wie ein kleines Kind.

»Ich?« Ihr Vater stemmte die Arme in die Hüften. »Davon weiß ich nichts.«

»Doch, ihr alle habt es gesagt!« Tala wischte mit dem Ärmel die Tränen fort und funkelte ihren Vater herausfordernd an. »Ihr wolltet sie schlachten, wenn ihr nicht genügend Fleisch als Nahrung findet!«

Pollo wechselte einen Blick mit Calan, der ein leichtes Lächeln auf den Lippen trug. »Das habe ich niemals gesagt«, beharrte er ruhig. »Ein Pferd, im Notfall, das stimmt. Aber Calan wird bezeugen, dass in diesem Zusammenhang niemals Saphiras Name fiel. Wie kommst du darauf? Saphira ist jung und gesund, es gäbe keinen Grund, sie zu erwählen.«

Talas Mund klappte auf, dann machte sie ihn schnell wieder zu, ehe ihr die Kälte zwischen die Zähne kroch. »Aber … ich

160

dachte immer, ihr könnt sie nicht leiden. Weil sie so – anders ist als die anderen Pferde.«

»Anders sein bedeutet nicht zwangsläufig schlecht sein, Tala. Doch das rechtfertigt dennoch nicht, was du getan hast. Du hast großes Leid über uns gebracht in einer Zeit, in der wir ohnehin genügend Sorgen haben. Mir hast du damit einmal mehr gezeigt, dass du zu jung bist, um dich mit zur Jagd zu nehmen und dir Verantwortung zu übertragen. Du hast mich maßlos enttäuscht.«

Talas Tränen gefroren auf ihren Wangen, so kalt wurde ihr bei den Worten ihres Vaters. Taro und seine Brüder starrten sie mit großen Augen an, als erwarteten sie, abermals einen Tränensturzbach zu erleben – doch diese Freude würde sie ihnen nicht machen. Sie hatte ihren wahren Trumpf ja noch gar nicht ausgespielt!

»Ich habe nicht nur meine eigenen Ziele verfolgt«, sagte sie mit fester Stimme und sah ihrem Vater furchtlos in die Augen. »Jacob und ich, wir haben einen weißen Wolf gefangen und zu der alten Frau ins Dorf gebracht! Dafür habe ich eine Belohnung bekommen. Einen ganzen Sack voll Gold! Er steht dort, hinter dem Zelt.« Sie streckte den Arm aus und deutete in die Richtung.

Calan winkte Kiran, und gemeinsam trugen sie den Sack herüber. Er schien nicht besonders schwer zu sein, was seltsam war … doch immerhin hatte sie die Männer neugierig gemacht. Häuptling Pollo trat vor und öffnete den Sack. Gespannt hielt

Tala den Atem an – jetzt würde er gleich aufjubeln und sie in seine starken Arme schließen und ihr sagen, dass er sehr wohl stolz auf sie war und sie in Zukunft –

»Was soll das, Tala? Willst du uns auf den Arm nehmen?«

Tala schüttelte verwirrt die Traumbilder ab. »Nein! Warum? Die Geschichte mit dem weißen Wolf stimmt wirklich! Du kannst Jacob fragen, er war schließlich auch mit dabei.«

Calan streckte seine Hand tief in den Sack und zog etwas daraus hervor. Etwas Goldenes … Langes … Stieliges?

»Gold sieht anders aus, mein liebes Kind. Was du uns hier mitgebracht hast, ist ein Sack voll mit goldenem Stroh! Ich gebe zu, auch der kommt nicht ungelegen. Doch hier hat dich allem Anschein nach jemand reingelegt – auch wenn ich deine verrückte Geschichte von dem weißen Wolf nicht glauben will.«

Voller Entsetzen starrte Tala ihn an, dann stürzte sie los und packte den Sack mit beiden Händen. War er vorhin auch schon so leicht gewesen? Aber sie hatte doch hineingesehen, sie hatte doch …

»Das kann nicht sein«, flüsterte sie, und nun rannen ihr tatsächlich neue Tränen über die Wangen. »Sie hat uns einen Sack mit Gold versprochen, sie hat versprochen, dass wir nicht mehr hungern müssen, und nun war alles umsonst, unsere Flucht auf den Berg, Saphiras Kampf mit der grauen Wölfin, der weiße Wolf – alles!«

»Was lässt du dich auch auf zwielichtige Geschäfte mit dieser alten Hexe ein«, polterte ihr Vater. Wut stand ihm nun im

Gesicht. Er warf den Strohsack um und trat mit dem Fuß danach. »Ich will schwer hoffen, dass die Geschichte damit ein Ende hat und du nicht noch weitere Versprechungen gemacht hast.«

»Redet ihr von der Alten, die am Dorfrand haust? In diesem heruntergekommenen grünen Planwagen?« Calan furchte die Stirn und rieb sich die Schläfen. »Vielleicht solltest du vorsichtig sein, wen du eine Hexe nennst, Pollo.«

»Unsinn«, fauchte Pollo barsch. »Die Alte braut Kräutertränke, welchen Beweis brauchst du noch.«

»Aber Arna braut doch auch Kräutertränke, und niemand schimpft sie eine Hexe«, rief Tala aufgebracht. Okay, das stimmte nicht ganz – ihre Mutter hatte den Begriff einmal gebraucht. Aber das hatte sie nicht ernst gemeint, und sie hatte es auch nur ganz leise gesagt.

»Arna tut niemandem weh mit dem, was sie macht«, erklärte ihre Mutter ruhig. »Aber diese Frau vernebelt den Menschen die Sinne! Sie setzt Dämpfe ein, die dich schläfrig machen, sodass du alles tust, was sie von dir will. Auf diese Weise ergaunert sie viel Geld von den Dorfbewohnern.«

»Die Leute haben sich über sie beim Bürgermeister beschwert«, warf Calan mit seiner tiefen Brummbärstimme ein. »Aber der kann nichts tun, denn sie haben ihr Geld ja freiwillig dagelassen, im Tausch gegen Zaubertränke und weiß der Kuckuck was für einen Humbug!«

»Calan«, bat ihre Mutter, weil sie sah, wie verzweifelt Tala war.

»Aber ich habe wirklich gedacht, sie kann uns helfen!« Tala schlug die Hände vors Gesicht. »Sie hat versprochen, mir Gold zu geben, genug Gold für uns alle, wenn ich ihr den Wolf bringe. Sie hat uns betrogen!«

»Lass dir das eine Lehre sein«, sagte Häuptling Pollo laut in die Stille. »Beim nächsten Mal wirst du vorsichtiger sein, ehe du einem fremden Menschen blind vertraust.«

Das hilft mir jetzt auch nicht weiter, dachte Tala niedergeschlagen. Ich habe es vermasselt. Am besten wird es sein, ich mache mich wieder davon und komme nie, nie zurück!

»W-w-was p-p-passiert denn nun m-m-mit dem W-W-Wolf?«, stotterte eine dünne Stimme hinter ihnen. Jacob lief feuerrot an, als mit einem Mal alle Köpfe herumfuhren und ihn ansahen.

Pollo runzelte die Stirn. »Womöglich verkauft sie sein dunkles Fleisch als Delikatesse an die Dorfbewohner«, mutmaßte er, und Jacob riss vor Schreck die Augen auf.

»Nein«, rief Tala. Alle Köpfe drehten sich wieder ihr zu, aber ihr war das egal. Sie ließ die Hände sinken und straffte die Schultern. Der Wolf – natürlich! Der weiße Wolf bewies, dass sie sich die Geschichte nicht ausgedacht hatte. Immerhin hatte sie einen Wolf gefangen, das sollten die anderen ihr erst einmal nachmachen. »Sie wollte ihn lebend haben. Dafür muss es doch einen Grund geben, oder?«

»Vielleicht gibt es einen«, sagte ihre Mutter, leise zwar, aber Tala hörte sie trotzdem.

»Was meinst du damit?«, fragte sie laut. Ihre Mutter sah zu Boden und schüttelte den Kopf, doch eine andere Stimme erhob sich aus dem Hintergrund, eine alte, bröckelige Stimme, die es verstand, ihren Zuhörern eine Gänsehaut zu bereiten.

»Es wird erzählt, dass man aus dem Blut weißer Wölfe einen ganz besonderen Trank brauen kann. Ein Trank, der euch zwar nicht jünger macht, euch aber glauben lässt, ihr würdet nie mehr altern. Die ewige Jugend ist etwas, was der Mensch niemals haben kann, doch sie alle sind bereit, für die Illusion davon viel Geld zu bezahlen.« Arnas Stimme brach, und um das Feuer war es nun so still, dass Tala ihr eigenes Herz hämmern hörte.

»Das ist doch Unfug«, rief einer der Jäger. »Rede nicht so vor den Kindern, Arna.«

»Oh, es stimmt!« Arna wiegte den Kopf langsam hin und her, so als wäre er zu schwer für ihren Hals geworden. »Doch niemandem ist es bisher gelungen, einen weißen Wolf aufzuspüren! Sie sind sehr selten, wisst ihr? Es gibt nur wenige von ihnen, und sie leben gut versteckt. Die meisten Menschen wissen nicht einmal, dass es sie gibt.«

»Aber du weißt es«, höhnte ein anderer Jäger.«

»Ja, ich weiß es«, giftete Arna zurück. »Ich habe von ihm geträumt! Und ich habe euch alle gewarnt, wisst ihr noch? Ich hatte euch gewarnt, dass die Wölfe nichts als Unglück bringen!«

Eine Weile sagte niemand ein Wort. Sie alle erinnerten sich an Arnas Worte, und obwohl die alte Frau oft belächelt wurde – diesmal schienen ihre Prophezeiungen tatsächlich Wirklichkeit geworden zu sein.

»Lasst uns essen«, brach Calan das Schweigen und reichte betont fröhlich die erste Keule herum. »Wer weiß, ob wir morgen auch solch ein Festmahl vor den Bogen bekommen!«

Tala ignorierte ihren bohrenden Hunger, duckte sich unter den gierig ausgestreckten Armen hindurch und huschte in die Schatten, wo ihre Großmutter stand und mit leeren Augen ins Feuer starrte. Dünn sah sie aus, und mit einem Mal bekam Tala Angst, auch sie könnte den langen Winter nicht überstehen.

»Arna«, sprach sie die erstarrte Frau an und zupfte sie am Ärmel. »Was, glaubst du, hat die Hexe mit dem Wolf vor?«

Arna löste ihren Blick nicht von den Flammen, so als würde allein ihr Anblick sie wärmen. Tala glaubte schon, sie hätte die Frage nicht gehört, ja gar nicht mitbekommen, dass sie neben ihr stand – da sagte sie: »Ein weißer Wolf in den Händen einer Hexe sieht das Tageslicht niemals wieder. Sie wird ihn in einen Käfig sperren und sein Blut abzapfen, bis es vom Leiden des Wolfs ganz trüb und grau geworden ist.«

Erschrocken starrte Tala sie an. »Aber das darf sie nicht! Niemand darf ein wildes Tier einsperren, das habt ihr immer gesagt, selbst ein Pferd in Menschenhand braucht ein gewisses Maß an Freiheit, um zu existieren!«

Arna brauchte nicht zu antworten, um den Schrecken für Tala noch größer zu machen. Sie richtete ihre Augen auf etwas hinter Tala, dann drehte sie sich abrupt um und stakste davon.

Tala sah sich um und schaute in Jacobs aufgerissene Augen. Sie konnte an seinem fassungslosen Blick erkennen, dass er lang genug dort gestanden hatte, um Arnas Worte zu hören.

»Der Wolf ist in großer Gefahr. Und wir sind schuld daran, wir haben ihn ausgeliefert, als er hilflos war. Wir müssen ihn befreien, Tala. Wir müssen einfach!«

Erst spät in dieser Nacht, als sie gesättigt und in warme Decken gekuschelt neben ihrer Mutter im Zelt lag, fiel Tala auf, dass Jacob zum ersten Mal, seit sie ihn kannte, ohne zu stottern gesprochen hatte.

14. Der Rettungstrupp

Saphira erwachte, als die Wölfe heulten. Bilder schlugen über ihr zusammen, Bilder von der alten Stute, die wehrlos und steif am Boden lag, während die Raubtiere über sie herfielen, dann Bilder von ihr selbst, wie sie hoch oben im Mondlicht stand und sich der angreifenden grauen Wölfin gegenübersah. Doch seltsamerweise packte sie nicht Angst, sondern Bedauern. Sie hörte ganz genau, dass eine Stimme fehlte. Das Heulkonzert blieb dünn und kraftlos in dieser Nacht.

Wiehernd weckte Saphira die anderen Pferde auf. Sie erschraken, als sie so plötzlich aus dem Schlaf gerissen wurden, doch als sie sahen, dass nur Saphira es war, die Alarm schlug, senkten sie ihre Köpfe wieder herab, und die Lider fielen ihnen zu.

Saphira wieherte abermals, lauter diesmal. Mit aufgestelltem Schweif galoppierte sie dicht um die Herde herum und schlug wild mit den Hinterbeinen aus.

Die anderen Pferde reagierten nicht. Sie wollten nichts wissen von Wölfen, weder von weißen noch von gefangenen Wölfen, sie wollten nur schlafen und ausruhen, weil Hunger und Kälte ihnen jede Kraft raubten.

Eine dunkle Gestalt regte sich am Rande der Pferdeleiber. Saphira lief auf den Leithengst zu und stieg vor ihm in die Höhe. Das hatte sie noch nie gewagt, doch diesmal ging es nicht um sie oder um das, was sie angestellt hatte – es galt, den Wolf zu retten, den Geisterfarbenen, den sie selbst in Gefahr gebracht hatte! Der Hengst trat mit angelegten Ohren auf sie zu, wie er es immer tat, aber diesmal wich sie nicht vor ihm zurück. Der große, mutige Odin – aber mehr als davonlaufen konnte er auch nicht! Was hatte er schon getan, um die alte Stute vor den Räubern zu schützen? Er ergab sich den Menschen, das war alles! Er warf ein Mädchen von seinem Rücken ab, aber das war nicht mutig, das war feige, und sie hatte es satt, feige zu sein, und sie hatte es genauso satt, immer davonzulaufen!

Odin riss warnend den Kopf hoch und schwang seinen mächtigen Hals. Er würde es nicht dulden, dass sie die Herde aufscheuchte, und er würde ihr auch nicht helfen, sondern sie bestrafen dafür, dass sie anders war als die anderen.

Saphira drehte ihr weißes Hinterteil in Odins Richtung und schlug mit ihren kleinen Hufen wild in die Luft. Dann stellte sie sich auf die Hinterbeine und wieherte laut mit dem Chor der Wölfe.

Wir sind nicht wie ihr, dachte sie. Wir sind Geisterfarbene. Und selbst wenn er mich tötet, kann ich ihn nicht einfach seinem Schicksal überlassen.

Saphiras Hufe polterten zurück auf den eisigen Grund und trugen sie davon, hinaus in die stürmische Nacht, dem schrecklichsten

Ort entgegen, den sie kannte – und den sie mit ihrem ganzen, laut
pochenden Pferdeherzen fürchtete.

Der Tag brach an, doch der Morgen blieb dunkel, so wie jeder Morgen und jeder Tag es den ganzen langen Winter über sein würde. Tala kroch unter ihrer Decke hervor und tippte auf Jacobs Schulter. Sofort schlug der Junge die Augen auf und nickte stumm – sie mussten vorsichtig sein und sehr leise, denn die Zeltwände waren dünn.

»Sie werden b-b-böse mit uns sein«, prophezeite Jacob finster, kaum hatten sie die Zeltschnüre von außen wieder fest verknotet. »B-b-besonders mit d-d-dir!«

»Ist mir egal«, wisperte Tala zurück. Ihr laut klopfendes Herz strafte sie Lügen, doch es brachte auch nichts, sich jetzt den Kopf darüber zu zerbrechen. »Wir erzählen niemandem, was wir getan haben, und sagen hinterher einfach, wir seien nur mit Saphira ausgeritten!«

»Das werden sie euch aber nicht glauben«, sagte eine Stimme hinter ihnen.

Tala unterdrückte einen Schrei und drückte sich rasch die Hand auf den Mund. Eine Gestalt hockte im kalten Schatten der erloschenen Glut, nein – genau genommen waren es drei Gestalten.

»Was macht ihr denn schon hier?«, fauchte sie böse.

»Wachposten«, grinste Kiran. Tala konnte sein Gesicht kaum erkennen, doch sie hörte an seiner Stimme, wie er feixte.

»Pollo hatte irgendwie im Gefühl, dass ihr euch wieder rausschleichen könntet, nach dem, was die alte Arna gestern über den Wolf gesagt hat!«

Ertappt biss Tala auf ihrer Unterlippe herum. Verflixt noch mal! Ausgerechnet die Jungen durften sie nun bei ihrem Vater ausliefern. Damit schrumpften ihre Chancen, den weißen Wolf zu retten, auf weniger als null, denn ihr Vater würde böse werden, richtig böse, und es würde wahrscheinlich keine weitere Gelegenheit zur Flucht geben. Niedergeschlagen ließ sie den Kopf hängen.

»Habt ihr wirklich einen Wolf gefangen?« Taro stand auf und kam ein paar Schritte heran.

»Einen w-w-weißen Wolf«, bestätigte Jacob. Er zitterte, Tala spürte seine Furcht vor den älteren Jungen, doch er hielt die Schultern gestrafft und sah ihnen direkt in die schattenverhüllten Gesichter. »Tala hat ihn b-b-betäubt, und wir h-h-haben ihn zu der H-H-Hexe gebracht.«

Die Jungen wechselten unsichere Blicke. »Also, wisst ihr – hmm.«

»Wir wollten ja schon immer mal einen Wolf aus der Nähe sehen.«

»Vor allem einen weißen Wolf!«

»Und wir würden Pollo auch nichts sagen, wenn ihr uns mitkommen lasst!«

Talas Magen brummte unwillig bei dem Gedanken, ihr Abenteuer mit den Jungen zu teilen. Dann aber dachte sie an den Wolf und daran, wie viel mehr Chancen sie haben würden, ihn zu befreien, wenn sie nicht nur zu zweit wären, und so nickte sie. Eine andere Wahl blieb ihr ohnehin nicht.

»Also schön. Aber ihr tut, was wir sagen! Sonst erzähle ich meinem Vater, was ihr angeboten habt!«

Die Jungen wechselten abermals einen Blick, dann aber nickte einer nach dem anderen. Jacob grinste zufrieden und griff heimlich nach Talas Hand, um sich ihrer Zustimmung zu versichern, und sie drückte seine klammen Finger so fest, wie sie konnte, denn auch sie hatte Trost und ein wenig Zuspruch dringend nötig.

Die Pferdewiese lag in morgendlichem Dunst. Der unruhige Wolkenhimmel ließ ein Pferd wie das andere aussehen, trotzdem wusste Tala sofort, dass etwas nicht stimmte.

»Wo ist sie?« Voller böser Vorahnung sah sie sich um, suchend, dann panisch. »Saphira!« rief sie, viel zu laut, schließlich wollten sie doch unentdeckt bleiben. Sie lief los, um unter der Lärche nachzusehen, dem schützenden Baum, unter dem ihre weiße Stute sich sonst immer verbarg, aber bereits im Laufen sah sie, dass der Platz leer war. Keine Saphira weit und breit.

»Die ist weggelaufen«, kommentierte Lino das Verschwinden der Stute. »Hat sich einen besseren Platz gesucht!«

»Das ist sie nicht«, fauchte Tala böse. Sie würde nicht weinen jetzt, dafür war sie viel zu wütend, obwohl die Angst ihr die Kehle zuschnürte. Aufgebracht stürmte sie mitten in die schlafende Pferdeherde und suchte nach dem schwarzen Hengst, der ihr wachsam entgegensah. »Was hast du mit ihr gemacht?«, fuhr sie Odin an. »Hast du sie weggescheucht? Sie nicht fressen lassen? Du Ungeheuer, du …«

»Psst«, machte Kiran. »Du verrätst uns noch!«

»Es hat eh keinen Sinn.« Tala ließ die Schultern hängen. »Wie soll ich ohne Saphira etwas ausrichten?«

»V-v-vielleicht hatte sie d-d-dieselbe Idee wie w-w-wir«, sagte Jacob leise. »Sie hat b-b-bestimmt auch das H-H-Heulen gehört.«

Lino lachte brüsk. »Ha! Als ob ein Pferd so weit denken könnte!«

»Sei still«, fauchte Tala ihn an. »Du hast ja keine Ahnung, wovon du redest!« Sie sah Jacob wieder an, und die Gedanken rasten in ihrem Kopf. »Wie meinst du das, Jacob?«

Der blonde Junge dachte einen Augenblick nach. »Du hast mir doch von der Legende erzählt, weißt du noch? Von der geheimnisvollen Verbindung, die ein weißer Wolf und eine weiße Stute hatten. Wie sie ihn genährt hat und er daraufhin ihre Herde rettete.« Jacob biss sich auf die Zunge, mit einem Mal wieder ziemlich nervös. »I-i-ich, also, ich h-h-habe mir gestern gedacht – was ist, wenn Saphira ein Nachkomme von dieser S-s-stute ist? Wenn ihre Geschichten miteinander v-v-verknüpft sind?«

Tala starrte ihn an. »Dann müsste sie ihn retten«, flüsterte sie atemlos. »Sie könnte gar nicht anders, es wäre wie ein innerer Ruf, eine Bestimmung!«

Jacob und sie sahen sich an. Tala schluckte schwer, aber immerhin war das eine Erklärung für Saphiras Verschwinden. Eine, die ihr besser gefiel als die Vorstellung, dass Odin sie in der Nacht einfach davongejagt hatte.

»Wir müssen dorthin, Tala«, wisperte Jacob.

Tala nickte. Dann fiel ihr etwas ein. »Aber wie sollen wir ins Dorf kommen? Wir haben kein Pferd!«

Tala sah die Jungen der Reihe nach an. Wie sie dastanden und nur darauf warteten, dass sie eine Ansage machte … Und plötzlich wusste sie, was zu tun war. Sie wusste, wen sie reiten würde, und sie wusste auch, dass sie es schaffen konnten, wenn sie jetzt nur nicht die Nerven verlor! Ruhig hob sie die Hand und zeigte auf Tiro. »Jacob, du reitest mit ihm. Holt eure Pferde und beeilt euch!«

»Und du?«, fragte Kiran. »Bei wem reitest du mit?«

Tala sah auf das schmale Reithalfter in ihren Händen, das Halfter, das Saphira passte und immer ihre Verbindung zu der ungewöhnlichen Stute gewesen war. Sie löste den Knoten, zog es auseinander, stellte es so weit, wie es ging. Es musste passen. Es würde passen. Der Moment war gekommen, und diesmal war sie bereit dafür.

Ohne Kiran zu antworten, drehte sie sich um und ging abermals auf Odin zu. Der schwarze Hengst hob ganz leicht den Kopf, seine Ohren lauschten auf ihre Stimmung, doch Tala hatte ihre Wut nun unter Kontrolle. Sie bemühte sich, ruhig zu gehen, ihre Hände langsam an seinem Hals entlangzuführen und ohne Hast die Zügel über seinen Nacken zu legen. Er scheute nicht, sondern ließ sich das Reithalfter widerstandslos anlegen. Tala ließ den Zügel los und schritt voran, aus dem Pferdepulk hinaus bis an den Rand der Wiese, und als sie sich umwandte und sah, dass Odin ihr tatsächlich gefolgt war, begann ihr Herz, vor Stolz laut und wild zu schlagen.

»Tala«, flüsterte Lino. »Du darfst Odin nicht reiten! Niemand darf das, du weißt es doch!«

Ich darf es, dachte Tala, ohne auf die Jungen zu achten. Ihre ganze Aufmerksamkeit galt Odin, der nun still wie ein riesiges Denkmal stand und sie unentwegt ansah, als wolle er ihren Mut auf die Probe stellen. Ich darf es, weil ich es kann.

»Oh Mann«, hauchte Tiro, dann verstummten sie alle, als Tala sich mit einem Satz auf Odins Rücken schwang. Obwohl sie kein Sattelfell hatte, fühlte sie sich sofort sicher, fast so sicher wie bei Saphira. Odin würde sie heute nicht abwerfen, dazu war ihr Wille zu stark – genauso wie bei ihrem Vater.

»Folgt mir«, befahl sie den Jungen. Dann drückte sie ihre Füße gegen Odins Bauch, und der große Hengst galoppierte los, die Biegung am Fluss entlang und über das verschneite Feld, bis Tala ihm gestattete, langsamer zu gehen.

15. Dunkle Mächte

Sie erreichten das Dorf zeitgleich mit dem Nebelfeld, das dem nächtlichen Sturm gefolgt war. Zwar herrschte noch immer diese unheimliche Düsternis, doch von irgendwo fiel ein schwacher Schimmer Tageslicht durch den Dunst, und Tala erkannte, dass sie sich zumindest noch auf der richtigen Straße befanden.

»Was meint ihr«, rief Taro laut, »ob die Hexe auch einen Zaubertrank gegen unsere Pfeile mixen kann?«

»Keine Chance«, antwortete Lino ebenso laut, »wir durchlöchern ihr Hexenbuch, bevor sie auch nur einen Spruch sagen kann!«

Tala fühlte, welche Angst die Jungen begleitete und dass sie ihr vorwitziges Gerede als Schutzschild gegen diese Furcht benutzten, deshalb sagte sie nichts. Doch seit sie wusste, wie der Zauber der Alten tatsächlich wirkte und was es mit dem seltsamen Geruch auf sich hatte, der ihren grünen Wagen stets umgab, ritt die Angst auch in ihrem Nacken mit und wollte sich nicht abschütteln lassen. Dies war die schwierigste Aufgabe, der sie sich je in ihrem Leben gestellt hatte – am liebsten hätte sie kehrtgemacht und ihren Vater zu Hilfe gerufen! Aber Odin trug sie nicht umsonst. Sie hatte den Wolf in Gefahr gebracht, also musste auch sie ihn wieder befreien. Es war ihre Bürde, nicht die ihres Vaters.

Diesmal stieg kein Rauch aus dem Schornstein des grünen Wagens auf, und eine dünne Schneeschicht bedeckte sein fleckiges Dach. Der ganze Ort wirkte einsam und leer.

Verlassen.

»Sie ist nicht mehr hier!« Tala sprang von Odins Rücken, und sofort wollten ihre Knie nachgeben, so zittrig fühlte sie sich. Doch die Angst, zu spät zu kommen, all den Ärger umsonst zu riskieren, war größer als ihre Furcht vor der Alten. Auf leisen Sohlen näherte sie sich der verschlossenen Tür und drückte den Riegel zur Seite.

»Aaaah – nein, stopp, nicht!«

Die Pferde der Jungen scheuten, als zwei Raben ins Freie flohen und mit eiligem Flügelschlag in den Morgenhimmel flatterten. Mit einem Plumps fiel Jacob vom Rücken des Braunen, der ihn getragen hatte, doch er rappelte sich gleich wieder hoch und klopfte den Schnee aus seinen Hosen.

Wen hast du noch dort drin versteckt?, dachte Tala und zog die Tür gänzlich auf. Sie war nun sehr sicher, dass die Alte nicht mehr hier war, denn sie fühlte nicht mehr diesen Sog, der sie bei ihren letzten Besuchen gefangen genommen hatte. Und der unheimliche Geruch war auch verschwunden. Trotzdem blieb sie vorsichtig, setzte Fuß für Fuß auf den knarzenden Boden und sah sich sorgfältig um, ehe sie es wagte, die Kerze auf dem kleinen Tisch zu entzünden.

»Oh m-m-mein Gott.« Jacob, der ihr gefolgt war, presste sich die Hand vor den Mund und schob sich dicht in Talas Rücken. Das schwache Licht der Flamme zeigte ein schreckliches Bild, und nun wusste Tala auch, warum die Raben es eben so eilig gehabt hatten, diesem Ort zu entkommen.

Überall in den Ecken und an den Wänden hingen und stapelten sich Käfige, viel zu kleine, feinmaschige, fest verschlossene Gefängnisse, in denen verschiedenste Lebewesen kauerten: Hasen, Ratten, exotische Vögel, weiße Mäuse, borstige Käfer, bunte Schmetterlinge und sogar ein Fuchs, der traurig vor sich hin starrte. Tala fühlte, wie ihr Magen bei all dem Tierleid rebellierte, und ihr wurde so schlecht, dass sie die Luft anhalten musste, um sich nicht auf Jacobs Füße zu übergeben. Dann dachte sie wieder an die Raben, und ihr Verstand setzte ein. Sie griff nach der Kerze, um besser sehen zu können, und tatsächlich entdeckte sie unter einigen bereits toten Tieren noch viele, die zwar sehr schwach waren, aber immerhin lebten.

»Hilf mir«, flüsterte sie erstickt, und gemeinsam rissen sie die Käfige auf, ließen die Gefängnistürme polternd einstürzen. Eine graue Ratte mit roten Augen humpelte hastig davon, ein grüner Käfer flog eilig ins Freie, und die Schmetterlinge flatterten über ihre Köpfe fort. Die zwei weißen Mäuse piepsten aufgeregt, als sie endlich fliehen durften, und der Fuchs, der so reglos dagelegen hatte, zuckte plötzlich mit dem Schwanz und sprang auf, als sie seinen Käfig auf den Boden stellten. Schnell öffnete Tala auch sein Gitter und trat zur Seite, damit er in die Freiheit laufen konnte. Im hintersten Eck, wo kaum noch Luft hingelangte, hockte eine kleine Schneeeule, die ganz zerrupfte Federn an ihrem Körper trug und so geschwächt war, dass sie nicht einmal wegfliegen konnte. Voller Grauen sah Tala sich um. So schrecklich das alles war, sie mussten genau hinschauen, damit sie kein Tier übersahen!

Als sie vor dem Herd stehen blieb, wo die Alte bei ihrem ersten Besuch dieses herrlich duftende Fleisch gekocht hatte, wurde ihr abermals übel. Dicke grüne Schimmelfelder wuchsen an den Rändern entlang, und die Töpfe, die dort standen, waren allesamt rostig und so schmutzig, dass man sie bestimmt niemals wieder sauber bekam. In den Schraubgläsern auf den Regalen lagerten Dinge, die Tala sich lieber nicht so genau ansehen wollte. Dicke, aufgequollene Würmer, die in eklig roter Flüssigkeit herumschwammen. Oder waren das gar keine Würmer? Tala presste sich die Hände auf den Mund. Dort auf den Tellern im nächsten Regalfach, das waren eindeutig Würmer. Mehlwürmer. Und sie krochen übereinander und untereinander und irgendwie sah es so aus, als hätte jemand sie zu einer besonders abscheulichen Mahlzeit angerichtet.

»Was IST das?« Die Jungen drängten sich im Eingang des Wagens und blickten sich mit großen, erschrockenen Augen um. »Was hat sie mit all diesen Tieren nur angestellt?«

»Sie benutzt«, krächzte Tala. Sie hatte ihren Magen noch nicht so ganz im Griff, aber gleichzeitig machte sich Wut in ihrem Bauch breit, heiße, lodernde Wut. »Die Tiere mussten ihr Blut geben, ihr Fell und ihre Federn. Und manche sogar ihr Leben. Bloß, damit sie ihre dämlichen Tränke brauen konnte!«

»Das ist krank«, presste Tiro voller Abscheu hervor. »Wenn man ein Tier schon für seine Zwecke töten muss, dann tut man es schnell und lässt es nicht leiden! Regel Nummer eins für einen Jäger.«

»Aber die Alte ist kein Jäger«, stellte Kiran fest und sah sich unbehaglich um. »Sondern eine Hexe!«

»Wir sollten gehen!« Lino zog Tala am Ärmel aus dem Wagen heraus. »Sie ist doch eh nicht mehr da, also lass uns verschwinden! Vielleicht schaffen wir es zurück, bevor dein Vater einen Suchtrupp losschickt.«

Tala riss sich los und schüttelte entschieden den Kopf. »Auf keinen Fall! Habt ihr nicht gesehen, was sie mit den armen Tieren gemacht hat? Wir dürfen nicht zulassen, dass den weißen Wolf dasselbe Schicksal ereilt!«

Jacob wühlte in seinen Taschen, bis er ein weiches Tuch gefunden hatte. Darin wickelte er die kleine Eule ein und steckte sie sich in den Kragen. Dann sprang auch er aus dem Wagen, und Tala half ihm, wieder hinter dem Jungen auf den Braunen zu klettern. Sie selbst nahm Odins Zügel und lief um den Wagen herum. Es gab keine echten Hexen, das wusste sie. Trotz all der unheimlichen Dinge, die sie hier gesehen hatte. Also konnte die Alte auch nicht auf einem Besen davongeflogen sein, sondern musste sich zu Fuß aufgemacht haben oder auf ein Pferd gestiegen sein oder so was. Bestimmt hatte der Wolf nicht in den Planwagen gepasst, und sie hatte deshalb ein anderes Versteck für ihn gesucht.

Und tatsächlich, nach einigem Suchen entdeckte sie schließlich die Spuren im Schnee, relativ frische Fußabdrücke und daneben ein Abdruck, der erahnen ließ, dass hier etwas Großes, Schweres entlanggeschleift worden war. Der weiße Wolf! Tala wollte gerade auf Odins Rücken klettern, da fiel ihr noch etwas anderes auf, nicht weit neben den Abdrücken der alten Frau: Hufspuren. Kleine, runde Abdrücke, die sie nur zu gut kannte: Saphira!

»Da lang!« Tala rannte los. Erst nach ein paar Schritten fiel ihr Odin wieder ein, und sie sprang auf seinen Rücken und trieb ihn hastig voran. Saphira war hier, sie hatte den weißen Wolf also vor ihnen gefunden – aber Talas Herz zog sich schmerzhaft zusammen, als sie an ihre Stute dachte, die sich arglos und ungeschützt der Hexe näherte, der Hexe und dem Wolf, der vermutlich seinerseits töten würde, um zu entkommen.

»Schneller, Odin, schneller«, flüsterte sie und blinzelte die Tränen fort, die sich aus ihren Augen befreien wollten, »wir müssen Saphira zu Hilfe kommen, bevor es zu spät ist!«

Saphira lief mit aufgestelltem Schweif um das Haus herum, zum gefühlt hundertsten Mal nun schon. Sie wusste, dass der Wolf sie gewittert hatte, doch er kam aus seinem Gefängnis nicht heraus, und solange konnte er ihr auch nichts antun.

Nicht so die seltsame Alte, die bei ihm war.

Saphira hatte ihre Spur verfolgt, den ekligen Gestank, den die Frau verströmte, bis hierher, zu dem einsam stehenden Haus ein Stück abseits vom Dorf. Niemand würde sich so schnell hierher verirren, die Bewohner kehrten erst im Frühling zurück, und der lag noch fern, so fern wie das Tageslicht, das als kaum wahrnehmbarer Schimmer am Horizont verborgen blieb. Doch Saphira brauchte kein Licht, keine Sonne – ihre Augen fühlten sich wohler bei Dunkelheit, und sie sah besser in der Nacht als die anderen, die normalen Pferde.

Eine Tür knarrte, Schritte erklangen. Saphira verharrte, stand still, wartete. Nein, sie kam nicht heraus. Verflixt! Was musste sie denn noch tun? Sie stellte sich hoch auf die Hinterbeine und wieherte schrill. Nichts. Anscheinend wusste die Alte, was sie vorhatte, und weigerte sich, auf den uralten Trick hereinzufallen. Und wer war sie schon? Ein einsames weißes Pferd, zu jung und zu unerfahren, um etwas ausrichten zu können. Bestimmt amüsierte die Frau sich köstlich über sie.

Doch plötzlich wurde es still in dem Haus, die Schritte verklangen, die kalte Welt um Saphira schien den Atem anzuhalten. Sie lauschte, und nun hörte sie es auch: Reiter näherten sich. Ein gewaltiger Schatten stürmte aus der Düsternis auf sie zu, ein schwarzer, mächtiger, starker Hals, den sie nur zu gut kannte ... Saphira schüttelte die Mähne. Nein, das konnte nicht sein, ihre Augen spielten ihr einen Streich! Sie musste noch einmal hinsehen und dann noch einmal und noch einmal, ehe sie glauben konnte, wer das Anführerpferd ritt, und der Anblick brach ihr beinahe das Herz. Tala, dachte sie, meine Tala – hast du mich schon vergessen? Doch durch all den Schmerz und den Schreck fühlte sie auch Stolz, weil ihre Menschenfreundin geschafft hatte, was nicht einmal den starken Männern gelang – sie konnte Odin reiten. Und das bedeutete, sie war heute die Anführerin.

Die Tür des Hauses flog auf, und Saphira schrak zurück. Sie hatte ganz vergessen, weshalb sie hier war, doch die alte Frau ließ sich nicht blicken, stattdessen strömte stinkender, quarziger Rauch aus dem Inneren.

»Wasislos? Ichbin … aufeinmal … sooo … müüüüüüdeeee …« Tiro, der vor Jacob saß, klappte wie ein Taschenmesser zusammen und rutschte kopfüber von seinem Pferd. Jacob griff noch nach seinem Hosenbein und verhinderte so, dass er sich ernstlich verletzte.

»Nein, nicht«, flüsterte Kiran erschrocken. Er glitt vom Pferd und tappte auf das Haus zu, schaffte es aber nicht einmal bis zur Schwelle, ehe er zusammenbrach und in tiefen Schlaf sank.

Der dritte Junge schlief ein, ohne die Zügel seines Pferdes loszulassen. Wie ein nasser Sack hing er auf seinem Rücken und schnarchte in die raue Mähne.

»Press dir die Hand auf den Mund«, schrie Tala Jacob zu. Sie verbarg ihr Gesicht hinter ihren Ärmeln und atmete so flach, dass Saphira schon fürchtete, ihr Herz müsste jeden Moment aufhören zu schlagen, doch Tala wusste, worauf sie aufpassen musste. So konnte ihr der Zaubernebel nichts anhaben, und auch Jacob sprang vom Pferd und schlich hinter ihr her, dem Eingang des Hauses entgegen, aus dem der stinkende Qualm drang, der sich nun langsam grünlich färbte.

Hin- und hergerissen lief Saphira auf und ab. Sie sah zu Odin, wartete darauf, dass der gewaltige Hengst die Kinder aufhielt – doch Odin blieb stehen und wachte über die anderen Pferde, so, wie er es immer tat.

Feigling, dachte Saphira. Sie duckte sich, zog den Kopf ein und trabte, ohne zu zögern, hinter Tala und Jacob her.

16. *Kampf um den weißen Wolf*

In all dem Nebel konnte Tala kaum etwas erkennen. Sie stieß sich das Knie an einem Stuhl, dann den Ellbogen an einem Schrank und schließlich den Kopf, als sie gegen eine verschlossene Tür stolperte. Blind drückte sie dagegen, bis die Klinke nachgab und Tala beinahe die kahlen Stufen hinuntergefallen wäre, die steil in den Keller hinabführten. Sie spürte Jacobs schnellen Atem in ihrem Rücken und presste sich den Ärmel fester auf Mund und Nase, um bloß nicht die Kontrolle zu verlieren.

Im Keller herrschte undurchdringliche Finsternis. Zwar hörte Tala den stotternden Atem eines weiteren Lebewesens, doch der hätte ebenso gut von der Hexe selbst stammen können – vielleicht war das alles eine Falle, und der Keller ihr Verlies! Neben sich hörte sie einen leisen Fluch.

»Jacob?«, wisperte Tala. Sie wollte nach ihm greifen, aber ihre Hände angelten sinnlos durch die Dunkelheit.

»Hier«, keuchte eine Stimme neben ihr.

»Kannst du nicht – dein Licht anmachen?«

»V-v-versuche ich ja«, kam es zurück. »Aber ich k-k-kann es nicht f-f-finden! Ich muss die Flashlight v-v-verloren haben!«

Es war gruselig, blind durch Dunkelheit und Nebel zu laufen und nicht zu wissen, auf wen man gleich traf. Tala stolperte erneut und fiel keuchend auf den harten Boden. Instinktiv hatte sie die Arme ausgestreckt – und dabei merkte sie, dass sie plötzlich wieder atmen konnte, der unheimliche Geruch war verschwunden, und auch der Nebel lichtete sich. Ganz langsam gewöhnten sich ihre Augen an die Dunkelheit, und der winzige Lichtschimmer, der durch die offene Tür von oben in den Keller fiel, reichte aus, um Jacobs Umriss zu erkennen. Sie schauten sich an, und auch Jacob ließ den Arm sinken, den er sich zum Schutz gegen den Mund gepresst hatte. Da riss ein Knurren sie aus ihrer Starre, und Tala wirbelte herum. Dort saß der weiße Wolf, angekettet an allen vieren, mit einem Maulkorb aus rostigem Metall im Gesicht.

»Es tut mir leid, so leid«, wisperte Tala bestürzt. Ohne weiter nachzudenken, stürmte sie auf das Tier zu und zerrte an den Fesseln, bis sie seine Beine befreit hatte. Die Läufe des Tieres waren aufgescheuert, seine alte Wunde harzig von geronnenem Blut. In seinem Fell steckte eine lange Nadel und daran ein Schlauch, der zu einem großen Gefäß an der Wand führte, in das unablässig eine zähe dunkelrote Flüssigkeit tropfte. Tala überlegte keinen Herzschlag lang. Sie drückte ihre Finger in das weiße Fell und riss die Nadel heraus. Der

Wolf zuckte zusammen und knurrte, und wieder fiel Tala auf, wie groß er doch war. Was würde geschehen, wenn sie den Maulkorb abnahm? Würde er sich auf sie stürzen, weil es egal war, dass sie nun hier war – sie war diejenige, die ihn in diese Lage gebracht hatte, und so, wie er sie ansah, hatte er das nicht vergessen. Aber nun musste sie es auch zu Ende führen. Ihre Finger zitterten nur ein kleines bisschen, als sie den Verschluss an den Metallstreben löste. Mit einem Ruck war der Maulkorb ab, und Tala gab dem weißen Wolf seine Freiheit zurück.

Im schwachen Lichtschatten duckte sich der Wolf zum Sprung. Tala hielt die Luft an. Sie konnte seine Augen sehen, die glutrot glänzten. Ein falscher Schritt, und es war um sie geschehen. Sie dachte an ihre Eltern, die keine Ahnung hatten, was hier gerade geschah, an Saphira, die ihm draußen womöglich den Weg versperrte und sein nächstes Opfer wurde – aber dann dachte sie an die Geschichte von der weißen Stute und dem Wolf. Sie hatten einander gerettet, weil sie eine geheimnisvolle Verbindung hatten. Und dieser Wolf, der sie mit seinen Raubtieraugen fixierte, wusste es ebenfalls. Er hatte sie erkannt, sie – und ihr Wolfspferd.

»Tala!« Jacobs Finger krallten sich in ihren Rücken.

»Keine Angst, er tut uns nichts«, flüsterte sie und beobachtete den Wolf, der sich nun langsam aufrichtete und um sich blickte.

»D-d-das meine ich n-n-nicht!« Jacob starrte zum Treppenaufgang, und Tala verdrehte sich den Hals, bis sie sehen konnte, was ihn so erschreckte. Drei Gestalten standen dort, vom Tageslichtschimmer in einen Kranz aus blauem Licht gehüllt. Die Jungen, es waren doch nur die Jungen! Doch sie bewegten sich seltsam, so als wären ihre Füße am Boden festgeklebt und sie müssten um jeden Schritt kämpfen. Und sie sagten auch nichts, was fast noch seltsamer war. Sie kamen nur näher, langsam, Schritt für Schritt. Unaufhaltsam.

»He, schaut mal!« Tala deutete auf den weißen Wolf. »Ihr habt mir nicht geglaubt, aber hier ist der weiße Wolf, von dem ich euch erzählt habe!«

Noch immer sagten die Jungen nichts, und langsam kriegte es auch Tala mit der Angst zu tun. Sie konnte ihre Augen nicht sehen, weil das Licht in ihrem Rücken lag, aber sie spürte auch so, dass etwas mit ihnen nicht stimmte.

Ganz und gar nicht stimmte.

Taro griff nach ihrem Arm und drehte ihn ihr auf den Rücken, sodass sie sich nicht mehr bewegen konnte. Es ging so schnell und tat so weh, und sie schrie auf vor Schmerz und Überraschung. »Was ist los mit dir? Bist du verrückt geworden? Lass mich los, hast du vergessen, wer ich bin?«

Jacob versuchte zu fliehen, doch Kiran und Lino versperrten seinen Fluchtweg und packten jeder einen seiner Arme, als er sich zwischen ihnen hindurchzwängen wollte. Mit unerbittlichem Griff schleppten sie ihn zu den Fesseln, die den Wolf gefangen gehalten hatten, und legten sie um Jacobs Arme und Knöchel. Jacob schrie und strampelte, und die kleine Eule in seinem Kragen verkroch sich angstvoll tiefer in seiner Jacke, doch es half alles nichts – Jacob saß in der Falle.

»Dreht ihr jetzt durch?« Talas Stimme überschlug sich beinahe. »Das erzähle ich meinem Vater, er wird euch davonjagen, ich schwöre es, bindet sofort Jacob wieder los, oder ich –«

»Es wird dir nichts nützen, wenn du dich wehrst«, sagte eine honigsüße Stimme vom Treppenabsatz her. »So wird es nur viel mehr wehtun!«

Tala erstarrte. Die Stimme gehörte der alten Frau, der Hexe, sie wusste es – sie erkannte sie wieder. Die hatte sie in all dem Durcheinander völlig vergessen! Aber das war jetzt auch egal, sie würde sich ihr nicht ergeben, niemals!

»Du hast uns betrogen«, schrie sie aufgebracht. »Du hattest uns einen Sack voll Gold versprochen, wenn wir dir den Wolf bringen!«

»Von Gold war nie die Rede. Das hast du dir in deinem kleinen Köpfchen ganz allein ausgedacht! Im Übrigen bin ich dir nichts schuldig, der Handel war besiegelt, als du davongeritten bist.« Die Alte stand noch immer auf der obersten Stufe, doch ihre Augen funkelten wie grünes Gift. Ihre Stimme glich einem Singsang, der sie einlullen sollte, aber Tala konzentrierte sich fest auf ihre Umgebung und den Schmerz, der aus ihrem verdrehten Arm ihren Rücken hinabströmte.

»Wie konntest du ihm das antun?«, fauchte sie. »Der Wolf ist ein Geschöpf des Waldes, so wie alle Tiere, die du in deinem scheußlichen Hexenwagen zu Tode gefoltert hast!«

»Ein Hexenwagen, so, so.« Die Alte wiegte ihren Kopf hin und her, als würde sie scharf nachdenken. »Dir hat es gefallen, von meinem Fleisch zu kosten, und auf meinen Handel bist du eingegangen, ohne dass ich von meinen Kräften Gebrauch machen musste.« Ganz plötzlich stoppte die Schaukelei, und ihre blitzenden Augen bohrten sich in Talas. »Du schuldest mir etwas, Mädchen – du schuldest mir das Blut des weißen Wolfes, den du soeben zu stehlen versucht hast!«

Jacob wimmerte, Tränen rannen seine Wange hinab. Er schaffte es nicht, sich aus den Fesseln zu befreien, und musste hilflos mit ansehen, wie die beiden Jungen, die ihn gefangen genommen hatten, nun ihren Wachposten an Talas Seite bezogen. Tala tauschte einen Blick mit ihm, spürte seine Verzweiflung, doch sie konnte nichts tun – diesmal wollte ihr wirklich kein Ausweg einfallen.

»Was … was hast du mit uns vor?« Sie hauchte die Frage nur, wollte die Antwort lieber gar nicht hören. Außerdem sollte die Alte nicht merken, wie groß ihre Angst tatsächlich war.

»Ich tausche sein Leben gegen eures«, erzählte die Singsangstimme im Plauderton. »Menschenblut ist mindestens so wertvoll wie das eines weißen Wolfes.« Ihr Blick wurde wieder hart, und Tala hatte das Gefühl, mit kleinen spitzen Nadeln durchbohrt zu werden. »Außerdem muss ich fort von hier, und der Wolf ist ohnehin zu groß für meinen Wagen. Ihn kann ich nicht mitnehmen. Aber euch beide …«

Weiter kam sie nicht, denn ihr Satz endete in einem erstickten Schrei. Tala konnte hinterher nicht mehr genau sagen, was in welcher Reihenfolge passiert war, weil alles so rasend schnell ging. Sie sah zwei weiße Beine, die gleichzeitig in die Höhe schossen und die Alte mit einem gewaltigen Stoß die steile Treppe hinabbeförderten. Kaum lag sie dort unten, schutzlos und benommen, ließ Taro abrupt Talas Arm los und rieb sich verwirrt die Augen. Auch die anderen Jungen starrten sie nicht mehr mit grimmigen Mienen an, sondern sahen sich unbehaglich in dem Kellergewölbe um. Der weiße Wolf aber, der bis zu dieser Sekunde reglos in der Ecke verharrt und auf seine Chance zur Flucht gewartet hatte, zögerte nicht länger. Mit einem Furcht erregenden Knurren und Fauchen stürzte er sich auf die Hexe und biss ihr fest in den Arm.

»Tala«, hörte sie eine dünne Stimme rufen. »Mach m-m-mich los, b-b-bitte!«

Tala drehte den Kopf, und mit einem Mal konnte sie sich wieder bewegen. Sie stürzte auf Jacob zu, riss an den Fesseln und kriegte sie zum zweiten Mal auf, obwohl ihre Finger dabei zitterten wie Zweige in einer Sturmnacht. Jacob fiel ihr um den Hals und drückte sich fest an sie, dann sprang er zwei Schritte zurück und grinste verlegen.

»Los, kommt schnell«, überspielte Tala den peinlichen Moment. »Bevor sie aufwacht!«

»Wartet!« Taro blieb stehen. Er blickte voll Abscheu auf die Hexe hinab, dann winkte er seine Brüder heran, und zu dritt schleiften sie den erschlafften Körper quer durch den Raum, um die Hexe an Armen und Beinen festzuketten. »So«, sagte Taro zufrieden. »Jetzt kann sie uns nicht mehr den Verstand vernebeln. Lasst uns trotzdem schnell von hier verschwinden!«

Sie liefen zur Steintreppe und nahmen immer zwei Stufen auf einmal. Tala erreichte den Treppenabsatz als Erste und hielt die schwere Tür auf, damit Jacob, die Jungen und schließlich der weiße Wolf ins Freie fliehen konnten. Dann drückte sie das kräftige Holz polternd zu und setzte den Riegel fest. Lino schleppte einen alten Holzstuhl heran, den sie zusätzlich unter dem Riegel festklemmten.

»Da kommt die im Leben nicht raus«, murmelte Taro mit bleischwerer Stimme. Er stand noch immer unter Schock, so viel verstand Tala. Außerdem war ihr nun klar, was mit den Jungen geschehen war: Sie hatten unter dem Bann der Alten gestanden, die Menschen mit ihren Gebräuen einlullen und dazu bewegen konnte, seltsame, völlig verrückte Dinge zu tun, an die sie sich später nicht mal mehr erinnern konnten.

»W-w-was machen w-w-wir denn jetzt m-m-mit ihr?« Jacobs Stimme zitterte noch immer, aber immerhin streichelten seine Finger sanft das Köpfchen der Schneeeule, die sich nun wieder aus seinem Kragen gewagt hatte.

»Wir übergeben sie dem Bürgermeister«, entschied Tala müde. »Die Dorfbewohner wollten sie ohnehin loswerden, ihnen wird bestimmt eine gute Lösung einfallen.«

»Genau«, bestätigte Jacob. »Wartet nur, bis die erst diesen H-h-hexenwagen gesehen haben!«

Neben der Haustür stand Saphira. Den Kopf gesenkt begrüßte sie Tala und drückte ihr stürmisch die Nase in den Bauch. »Du warst das, stimmt's?« Tala wühlte ihre Hände in die schimmernde Mähne und zog den Pferdekopf dicht an ihren Körper. »Du hast sie getreten, mein tapferes Mädchen. Ohne dich wären wir dort niemals hinausgekommen. Du bist das mutigste und tollste Pferd auf der ganzen Welt, weißt du das?«

Saphira schnaubte zustimmend, und Tala musste lachen. So erleichtert und glücklich hatte sie sich schon lange nicht mehr gefühlt!

»Würde das Wolfspferd mal den Weg frei machen?« Die Jungen glucksten, doch keiner wagte es, Saphira zu schubsen oder ihr einen Befehl zu erteilen. Das durfte nur Tala.

»Komm, Saphira, gehen wir nach Hause.«

Im Halbdämmer suchten sie sich ihren Weg, eine eigentümliche Karawane, vereint in ihrem Schreck und unendlicher Erleichterung, dem Grauen im Keller entronnen zu sein. Saphira lief voran, hinter ihr folgten Tala und Jacob. Der weiße Wolf war nicht geflohen, sondern hatte sich ihnen ganz selbstverständlich angeschlossen, und zuletzt kamen die Jungen, die nun wieder wild durcheinanderplapperten und sich bereits Geschichten ausdachten, wie sie das Abenteuer zu Hause so heldenhaft wie möglich erzählen konnten. Die anderen Pferde waren zum Dorf gelaufen und hatten auf einer Wiese nach Gras gesucht. Saphira trabte los, um sie zu begrüßen, da trat plötzlich eine Gestalt um die Ecke eines Hauses, und Tala starrte in die schwarze Mündung eines Gewehrs. Ruckartig blieb sie stehen. Die Hexe, dachte Tala, sie ist doch eine echte Hexe, wenn sie so schnell aus dem Keller entkommen konnte! Hinter ihr erstarrten die Jungen, ebenso erschrocken wie sie. Erst dann hörte sie die leisen Pfoten, die dicht hinter Jacob im Schnee knirschten, und der Wolf fiel ihr wieder ein. Der weiße Wolf, der hinter Jacob lief wie ein zu groß geratener Hund.

»Nicht!« Jacobs Stimme überschlug sich. »Lasst ihn, er hat uns nichts getan, wir haben ihn doch eben erst …«

Etwas sauste pfeifend an Talas Arm vorbei. Sie wirbelte herum, dann hörte sie auch schon, wie der große Körper des weißen Wolfs taumelnd in den Schnee fiel.

»Nein«, schrie sie und stürzte zu ihm. »Nein, bitte nicht!«

Jemand rief, Stimmen schrien durcheinander. Die Jungen, Jacob, sie selbst, dann näherten sich die knirschenden Räder einer Kutsche.

Tala sah gar nicht hin. Es war ihr egal, wer der Angreifer war. Er hatte den Wolf erschossen, den wunderschönen weißen Wolf, der sich ihr und Jacob freiwillig angeschlossen hatte.

Saphiras Wolf.

»Es tut mir leid«, wisperte sie in das weiche Fell. Heiße Tränen rollten ihre Wangen hinab. »So, so leid!«

Nun hatten sie ihn ganz umsonst gerettet.

*

Die drei Pferde hielten genau an der Stelle, wo einst das stolze
Zelt von Häuptling Pollo und seiner Familie in den Himmel
aufragte. Taro bemerkte sie zuerst und rief aufgeregt die anderen herbei. Ganz vorn, auf den ersten Pferden, saßen ein
Mann und eine Frau, aber Tala achtete nicht auf sie. Ihre
ganze Aufmerksamkeit galt dem Jungen mit den strohfarbenen Haaren, der auf dem kleinsten Pferd hockte und zaghaft
lächelte.

»Jacob!« Tala rannte so ungestüm auf das Pony zu, dass es
erschrocken zwei Schritte rückwärts machte. Schnell sprang
Jacob aus dem Sattel und stand jetzt genau vor Tala. Sie grinsten sich an, ein bisschen verlegen, dann hatte Tala genug von
den Höflichkeiten, trat auf ihn zu und schlang ihre Arme um
seinen Hals.

»Lass m-m-mich leben, Tala, b-b-bitte!«

Tala ließ von ihm ab und legte den Kopf schief. »Mensch,
Jacob! Wie hast du denn so schnell reiten gelernt?«

Jacob wurde knallrot. »G-g-gar nicht. Das Pony läuft den
beiden Pferden hinterher, ich b-b-brauche gar nichts zu machen.«

Tala lachte und hob den Blick. Ihre ganze Familie stand nun
um die drei Neuankömmlinge herum und beobachtete sie neugierig. Sie straffte die Schultern und trat zwei Schritte zurück.
»Wie geht's dir denn so? Was machst du jetzt?«

»Wir fahren zurück in d-d-die Stadt. Mit dem Z-z-zug. Heute noch. Ich w-w-werde wieder zur Schule gehen wie ein ganz n-n-normaler Junge.«

Tala nickte. Sie erinnerte sich. »Dann seid ihr gekommen, um euch zu verabschieden? Für immer?«

Jacob schüttelte den Kopf. »N-n-nur für ein Jahr. Dann k-k-kommen wir wieder!«

»Ehrlich? Hierher, in unseren Wald?« Tala versuchte, ihre Stimme ganz normal klingen zu lassen, aber sie freute sich so sehr darüber, dass ihr das kaum gelang.

»Natürlich in e-e-euren Wald.« Jacob deutete mit dem Kopf auf seine Eltern. »Wegen der W-w-wölfe.«

Tala betrachtete Jacobs Eltern und stellte fest, dass sie sich die beiden noch gar nicht so genau angeguckt hatte. Gut, beim letzten Treffen waren die Menschen ihr auch ziemlich egal gewesen. Jacobs Vater hatte dunkle Haare, aber seine Mutter hatte dieselben Strohhaare wie er, sogar die vielen kleinen Punkte auf ihrer Nase waren identisch! Ob in der Stadt, wo sie wohnten, noch mehr Leute so aussahen wie sie?

»Wir können euch gar nicht genug danken, dass ihr unseren Sohn aufgenommen und beschützt habt«, sagte Jacobs Mutter und drückte jedem überschwänglich die Hand. Tala wusste nun, warum ihr Jacobs Bild so vertraut vorgekommen war: Sie hatte seine Mutter schon einmal gesehen, damals, als sie zum ersten Mal den Hexenwagen entdeckt hatte. Aber da war sie nur eilig in eine wartende Kutsche gestiegen, auf der verzweifelten Suche nach ihrem Sohn. Und weil Jacob an dem Tag nicht mit dabei gewesen war, hatte auch niemand den Zusammenhang hergestellt.

»Das ist doch selbstverständlich«, hörte Tala ihre Mutter lächelnd antworten. »Ich bin froh, dass wir helfen konnten!«

Calan hatte inzwischen erfahren, was in jener Nacht wirklich geschehen war, als die Räuber das Lager der Forscher plünderten: Jacobs Eltern hatten das Heulen der Wölfe gehört, das mit einem Mal sehr nah und sehr laut klang. Und weil sie Wolfsforscher waren und nicht anders konnten, mussten sie ihrem Ruf folgen und ließen ihr Kind im Lager zurück in dem Glauben, dort wäre es sicher. Doch sie fanden die Wölfe nicht, und so erwachte Jacob bei Tagesanbruch und bekam es mit der Angst, seinen Eltern könne dort draußen etwas Schlimmes zugestoßen sein. Er lief los, um nach ihnen zu suchen. In der Zwischenzeit räumten die Räuber das verlassene Lager aus. Jacobs Eltern kehrten zurück und sahen die Verwüstung, und natürlich war ihr erster Gedanke, die Räuber hätten ihren Sohn entführt. Sie fuhren sofort ins Dorf und alarmierten den Bürgermeister, doch das reichte ihnen nicht, also blieb seine Mutter im Dorf, während sein Vater tagtäglich die Wälder durchstreifte und nach seinem Sohn suchte. Wäre Jacob damals mit ins Dorf geritten, wäre ihm seine Mutter vermutlich über den Weg gelaufen, und alles wäre ganz anders gekommen, dachte Tala, und mit einem Mal war sie sehr froh, dass das Schicksal manchmal eigene Wege einschlug.

»Hat man die Räuber denn inzwischen gefasst?«, erkundigte sich Jacobs Vater bei Häuptling Pollo.

Der schüttelte den Kopf. »Nein. Die Bande ist bestimmt längst über alle Berge. Sie haben euch wichtige Dinge gestohlen, oder?«

Jacobs Vater machte eine lässige Handbewegung. »Darauf soll es nicht ankommen. Die kann man ersetzen.« Seine Hand wuschelte zärtlich durch Jacobs Haare. »Das Wichtigste haben sie nicht gestohlen!«

Pollo lächelte. »Wahre Worte!«

Jacobs Mutter stellte sich neben ihren Mann. »Aber wie ich höre, habt ihr ziemliche Probleme, weil eure gesamten Vorräte gestohlen worden sind.« Sie wechselte einen Blick mit Jacob, der unmerklich nickte.

»Wir kommen zurecht«, behauptete Pollo fest. »Das tun wir immer.«

»Das glaube ich sofort«, sagte Jacobs Vater, »dennoch wollen wir gern helfen. So, wie ihr unserem Jungen geholfen habt. Wir haben beim Bürgermeister Geld hinterlegt, das es euch erlaubt, so viele Vorräte, Schafe, Ziegen und Futter für die Tiere zu beschaffen, wie ihr braucht.«

Pollo bekam große Augen und öffnete den Mund, aber Jacobs Mutter hob sacht die Hand, bevor er ein Wort sagen konnte.

»Bitte! Es ist ohnehin nicht viel. Aber genug, um über den Winter zu kommen.«

200

Pollo war trotzdem nicht einverstanden, das sah Tala an seinem Gesicht. Aber bevor er den Mund aufmachen und alles ablehnen konnte, jubelten die anderen Jäger bereits auf und fingen lautstark an, Pläne zu schmieden. Tala konnte sehen, wie ihr Vater mit sich rang, doch dann tauschte er einen Blick mit ihrer Mutter, ganz kurz nur, und ihr Lächeln floss auf ihn über.

»Danke«, sagte Pollo. Er reichte Jacobs Eltern die Hand und bedankte sich höflich, und Tala musste lächeln, weil sie bis unter ihre dicke Felljacke spüren konnte, wie sehr ihm das gegen seinen Stolz ging.

Tala wartete, bis die Stimmen abgeebbt waren, dann fragte sie laut: »Wie geht es ihm?«

Augenblicklich wurde es still auf dem Lagerplatz. Jacob griff unwillkürlich nach ihrer Hand und drückte sie fest durch den dicken Stoff seiner Handschuhe.

»Dem weißen Wolf geht es prächtig«, informierte Jacobs Mutter sie lächelnd. »Die Betäubung wirkte tatsächlich genau so lange, wie wir brauchten, um ihn gründlich zu verarzten und zurück in die Berge zu bringen. Dank euch wissen wir ja jetzt, wo er sein Revier hat.« Sie senkte beschämt den Kopf. »Es tut mir leid, dass wir euch solch einen Schreck eingejagt haben, doch wir dachten wirklich, der Wolf greift euch an – sein gewaltiger Kiefer war ja nur wenige Handbreit von Jacobs Nacken entfernt!«

»Aber eines habe ich bis heute nicht verstanden«, meinte Tala nachdenklich. »Woher wusstet ihr, dass Jacob in der Nähe war? Ihr habt ja sogar auf uns gewartet, dabei konntet ihr doch gar nicht wissen, was passiert war.«

»Das n-n-nicht«, erzählte Jacob anstelle seiner Eltern. »Aber erinnerst du dich, dass ich meine Flashlight g-g-gesucht habe? In dem dunklen Keller?«

Tala nickte. Oh ja, daran erinnerte sie sich nur zu gut.

»Ich muss sie verloren haben, als ich die k-k-kleine Schneeeule eingesteckt habe«, sagte er grinsend. »Vor dem g-g-grünen Hexenwagen!«

»Dort habe ich sie wenig später gefunden«, berichtete Jacobs Mutter weiter. »Ich habe sie natürlich sofort erkannt! Die Tür des Planwagens stand offen, und als ich gesehen habe, was sich darin befand, bekam ich sofort Angst, die alte Frau hätte Jacob etwas angetan. Schließlich kannte ich die Gerüchte, die im Dorf über sie kursierten.«

»Also habt ihr das Gewehr geholt und seid losgelaufen, um Jacob zu suchen.«

»Ganz genau.« Jacobs Vater schmunzelte. »Könnt ihr euch überhaupt vorstellen, was ihr für ein Bild abgegeben habt? Das weiße Pferd und der weiße Wolf …«

»… und dazwischen ein paar Kinder, die unter ihren Fellmützen und mit ihren Fellumhängen selbst wie verwundete Tiere aussahen. Wir haben Jacob zuerst gar nicht erkannt!« Seine Mutter lachte. »Aber wie gesagt, wir wollten euch keinen Schock versetzen. Vor allem dir nicht, Tala. Wir hätten erst mit euch reden müssen, aber wir dachten wirklich, ihr seid in großer Gefahr.«

Tala zuckte die Schultern. Oh ja, im ersten Moment hatte sie einen Riesenschreck bekommen. Sie hatte wirklich geglaubt, der Wolf wäre tot und sie säßen abermals in der Falle. Doch als die Gestalten mit dem Gewehr sich schließlich als Jacobs Eltern entpuppten und erklärten, sie hätten den Wolf natürlich nicht erschossen, sondern nur betäubt, hatte sie sich ziemlich schnell wieder gefangen. Schließlich war sie die Tochter des Häuptlings, da durfte man nicht weinend am Boden liegen!

»Es gibt eine Falle, oben im Wald«, warf Tala schnell ein. »Eine Wolfsfalle mit lauter spitzen Stöcken!«

Jacobs Mutter nickte grimmig. »Ich weiß nicht, wer diese Fallen baut – vielleicht waren es die Räuber? Vor dieser Falle jedoch muss sich euer weißer Wolf nicht mehr fürchten. Wir haben die Stöcke entfernt und das Loch zugeschüttet.«

»Oh, übrigens – für dich haben wir auch noch was!« Jacobs Vater griff in seine Satteltasche und zog etwas heraus, aber Tala brauchte trotzdem eine ganze Weile, um zu erkennen, was es war.

»Ein Reithalfter!« Sie nahm das schöne, aus gefettetem Leder gearbeitete Stück entgegen und drehte es in den Händen. Kleine Verzierungen waren in die Riemen gestanzt, und farbige Perlen baumelten vom Stirnband herab. »Oh. So ein tolles Halfter hat Saphira ja noch nie besessen!«

»Weil deines doch kaputt gegangen ist«, erklärte Jacobs Mutter und zwinkerte ihr zu.

»Was ist eigentlich aus der H-h-hexe geworden?«, fragte Jacob.

»Jacob«, rief sein Vater tadelnd. »So etwas sagt man nicht. Sie war eine böse alte Frau, aber sie war keine Hexe.«

»Sie hat ihre Strafe bekommen«, erklärte Pollo. »Man hat sie in dem Keller gefunden, wo ihr sie eingesperrt hattet. Gefesselt und böse verletzt vom Sturz die Treppe hinunter. Sie konnte problemlos überwältigt und eingesperrt werden.«

»Wenigstens kann sie nun keinem Tier mehr etwas zuleide tun«, murmelte Tala. »Da fällt mir ein: Wie geht's eigentlich der Schneeeule?«

»Die war nach wenigen Tagen so gesund, dass sie auf und davon geflogen ist«, erzählte Jacobs Mutter. »Und nun müssen wir uns verabschieden. Wir haben noch einen langen Heimweg vor uns.«

»Also d-d-dann«, sagte Jacob leise.

Tala wagte nicht, ihn noch einmal zu umarmen. Deshalb streckte sie nur die Hand aus und reichte sie Jacob zum Abschied. »Besuch mich mal, wenn ihr wieder durch unsere Wälder streift, ja? Du erkennst mich an meinem weißen Pferd.«

Jacob lächelte und drückte ihre Hand. »Deinem W-w-wolfspferd, meinst du wohl!«

Tala lachte, und Jacob lachte mit. Und dann wurde sie doch noch einmal kurz traurig, weil Jacob und seine Eltern wieder auf die Pferde stiegen und der Abschied diesmal für länger sein würde. Sie schaute ihnen nach, wie sie langsam über das schneeglatte Feld davonritten, dann lief sie schnell den Hügel zur Pferdewiese hinauf und blieb dort so lange stehen, bis die drei Reiter zwischen den Bäumen verschwunden waren. Ihre Finger spielten mit den Perlen am neuen Reithalfter, und sie musste lächeln, als sie sich fragte, was sie damit tun sollte. Benutzen würde sie es auf keinen Fall, das war nicht mehr nötig – seit jener Nacht, als sie den Wolf befreit hatten, war das Band zwischen Saphira und ihr enger denn je, und sie genoss die neidischen Blicke der Jungen, wenn sie ohne Sattel und ohne Zaum mit ihr zur Jagd ritt. Saphira, dachte sie, und eine unstillbare Sehnsucht packte sie.

Die weiße Stute stand nicht länger allein unter der schneebedeckten Lärche. Ihr Körper wurde von den Leibern der anderen Pferde eingeschlossen, sodass sie es warm und behaglich hatte. Odin selbst sorgte dafür, dass sie ihre Ration vom Futter abbekam, und stellte sich schützend neben sie, wenn eines der anderen Pferde ihr zu nahe kam. Fast schien es, als müsse Odin eine Schuld begleichen – oder sein Gewissen beruhigen, weil er in jener Nacht keinen Beitrag zu ihrer aller Rettung geleistet hatte. Aber Tala wusste, dass Pferde so nicht dachten. Im Grunde war es ihr auch egal, solange Saphira nur in der Mitte der Herde weilen durfte und nicht länger die Ausgestoßene war. Denn immerhin – sie hatte geholfen, einen weißen Wolf zu fangen und ihn anschließend wieder zu befreien! Das sollten ihr die anderen erst einmal nachmachen.

Saphira hob den Kopf und wieherte herüber. Tala winkte und warf ihr eine Kusshand zu. Liebes, bestes, kleines Pferd, dachte sie zärtlich – nun haben wir es doch noch geschafft! Und unsere Familie wird den Winter heil überstehen.

Sie lief den Hügel wieder hinab und zurück ins Lager, wo alle nun wild durcheinanderredeten und überlegten, welche Dinge zuerst beschafft werden mussten. Nur eine gebückte, zaundürre Gestalt stand ein wenig abseits und hörte dem Stimmengewirr mit starrer Miene zu.

»Arna!« Tala schob sich unbemerkt an die Seite ihrer Großmutter und zupfte an ihrem Ärmel. »Ist es nicht toll, wie alles gekommen ist? Das haben wir nur dem weißen Wolf zu verdanken. Und du hast gesagt, Wölfe und Menschen, das verträgt sich nicht!«

»Tut es auch nicht«, knurrte Arna. Ihre Augen blitzten dunkel. »Zumindest nicht, wenn du die Wölfe fragst.«

17. Frühling

Das Heulen erklang tief in der Nacht.

Saphira hob den Kopf und lauschte. Neben sich spürte sie, wie die Leiber der anderen Pferde unruhig zuckten, wie alle zu Odin sahen und erwarteten, dass er die Lage prüfte und für ihre Sicherheit sorgte.

Doch Odin rührte sich nicht. Still und reglos stand er da, lauschte weder auf das unheimliche Heulen noch in die Nacht, die endlich frühlingswarm sein würde. Seit er nicht mehr das Oberhaupt der Herde war, hatte diese Aufgabe jemand anderes übernommen.

Saphira verließ den Schutz der Herde und trabte mit aufgestelltem Schweif einmal um die Wiese herum. Sie zogen nun wieder umher, rasteten nur selten länger als eine Woche am selben Fleck, eben so lange, bis die Pferde, die Horde an Ziegen sowie die sieben Schafe das Gras ratzeputz weggefuttert hatten. Saphira gefiel dieses Leben, sie mochte es, am Morgen aufzuwachen und nicht zu wissen, was geschehen würde. Und zum ersten Mal in ihrem Leben freute sie sich über den Frühling, auch wenn es nun vorbei war mit ihrer Tarnung.

Abermals heulte der Wolf, ein lang gezogener, warnender Ruf in der Nacht. Und da war Saphira ganz sicher. Sie stellte sich auf die Hinterbeine und wieherte zur Antwort, so laut und durchdringend sie konnte. Wir sind es nur!, sollte das heißen. Wir kommen dir nicht zu nahe!

Die anderen Pferde hatten sich beruhigt und senkten die Köpfe. Sie spürten, das Heulwesen würde ihnen nichts tun, denn die weiße Stute kannte sich aus, sie wusste, was zu tun war.

Saphira ließ ihren Blick über die Stuten mit ihren kleinen Fohlen gleiten.

Oh nein, sie würde nicht zulassen, dass einem von ihnen etwas geschah! Aber von dem weißen Wolf drohte keine Gefahr. Und niemand – nicht einmal Odin! – wusste das besser als sie.

Karin Müller

NORDLICHT

Im Land der wilden Pferde

Prolog

»Alles hier ist beseelt. Jeder Stein, jeder Strauch. Die Berge atmen. Feuer und Eis. Wo die Haut der Erde so dünn ist wie hier, da sind viele Grenzen fließend. Der Wind trägt ihre Lieder mit sich fort. Aber du kannst sie singen hören. Oder? Elin? Wenn du es nicht schaffst, wer dann?«

Der rot geränderte, wässrige Blick der alten Frau beginnt sich um mich zu weben, zu drehen und zu wirbeln. Ich werde fortgerissen in einem tosenden Strudel.

Ein Feuersturm. Salzig und heiß.

Der nächste Fieberschub überrollt mich wie eine Lawine.

Heiß.

Kalt.

Dann ist da Nichts.

Dunkelheit umhüllt mich.

Lange.

Viel zu lange.

Ich zittere. Friere. Alles an mir schmerzt.

Ich weiß, wenn ich jetzt aufgebe, ist alles verloren. Aber was? Ich kann mich nicht erinnern.

Sollte dann alles umsonst gewesen sein? Bin ich zu spät?

Zitternd fingere ich nach einem Streichholz in der Tasche meines Parkas.

In diesem ersten Schwefelfunken sehe ich froschköniggrüne Augen.

Ich höre ein Pferd wiehern. Höre ihn rufen.
Er ist mir vertraut, aber wer ist er?
Dann legen sich warme Hände um meinen Hals.
Ich wache schweißgebadet auf.
Jedes Mal wieder.
Und ich kann mich erst beruhigen, wenn ich den Kettenanhänger zwischen meinen Fingern fühle.
Er schimmert milchig grün.
Als hätte er ein geheimnisvolles Licht in seinem Inneren.
Ein Nordlicht.

1. Steine sind okay

Ich verziehe die Mundwinkel. Dann strecke ich meinem Smartphone die Zunge heraus, schmiege mein Gesicht an die schmale, schwarz-grün lackierte Dose und mache einen Schnappschuss von uns beiden. Das neue Traumpaar! Ich stelle die einzeln verpackte Spreewaldgurke zurück. Mein Blick gleitet suchend über das Regal. Mom steht an der Kasse. Mit irgendeiner Zeitschrift und Kaugummis. Wir haben noch Zeit. Ich husche mit den Fingern über das Display meines Handys. *#Sauregurkenzeit #imdutyfree* tippe ich als Bildunterschrift in meinen Insta-Account. Und: *#Icelandsucks.*

Eine Sekunde später die erste Reaktion von Mara: der tränenlachende Smiley, daneben der Affe, der sich die Augen zuhält, und darunter:

ra.Ma.: *Stell dich nicht so an, Elin. Du bist noch nicht mal da. Gib deiner Mom ne Chance!* 🙈

Ich schicke den grün kotzenden Smiley zurück und den Haufen Scheiße mit Augen hinterher.

Im Ernst: Kann man sich 'ne beknacktere Idee vorstellen, als in den Zeugnisferien fünf Tage nach Island zu fliegen? Im Winter??? Mom hat eine Riesenüberraschungsshow abgezogen. Ganz geheim, zum Geburtstag, weit, weit weg, tralalala. Alles, was ich in den Ferien tun will, ist ausschlafen und meine Ruhe haben. Und ganz bestimmt nicht in ein winziges dunkles Land kurz vorm Nordpol fahren, welches das #*Eis* schon im Namen hat!

Ich beobachte die zierliche blonde Frau in Jeans und Parka, die mir von der Kasse aus hysterisch zuwinkt, und muss gegen meinen Willen lächeln. An der Waschmaschine vor zwei Tagen hat sie sich verplappert: »Du willst doch nicht etwa diese dünne Hose mitnehmen nach Island!« Wir erstarren beide. Sie steht mit dem Rücken zu mir. Pause. »Also … ich meine … in Berlin ist es grade so kalt wie in Island.« Sie lächelt lahm.

Ziemlich lahm, finde ich. Aber ich spiele mit. Berlin hatte sie mir immerhin verraten. Irgendwas in mir hofft, dass ich mich verhört habe. Wenn ich schon nicht ausschlafen kann, dann doch bitte wenigstens shoppen in unser aller Hauptstadt. In Deutschland ist es kalt genug. Aber Fehlanzeige. Von Berlin kriege ich nur den Flughafen und einen Duty-Free-Laden mit sauren Gurken zu sehen. »Ich hab nichts anzuziehen«, maule ich.

Sie dreht sich zu mir und lächelt dieses nervig verschmitzte Mütterlächeln. »Das werden wir ändern. Versprochen, Schatz.«

Kack-Idee. Zumal wir nur mit Handgepäck fliegen, war günstiger. Genau wie Berlin als Abflughafen. Dabei wäre Hamburg viel näher gewesen.

Unser Flug wird aufgerufen. Missmutig trotte ich hinter Mom her zum Check-in. Mom ist Spezialistin für kleine Koffer, und bisher haben wir es noch auf jeder Reise geschafft, ohne nennenswertes Shoppingergebnis – sprich: anständiges Übergepäck – wieder nach Hause zu fahren. London, Paris, Rom, Stockholm … dieses Reykjavik wird keine Ausnahme bilden. Aber ich sage nichts.

Noch nicht.

Ich bin müde.

Ausgerechnet Island. Früher wäre das was für mich gewesen. Früher!

Aber jetzt? Was soll ich da? Und superteuer soll es dort auch sein.

Wir sitzen im Flieger. Die Maschine ist nur halb voll. Kein Wunder, denke ich mir. Mom reicht mir einen Kaugummi gegen den Ohrendruck beim Start. Ich schalte mein Handy auf Flugmodus, stöpsele meine Kopfhörer ein und stelle meine Playlist auf Shuffle.

Irgendwann ruckelt Mom an meinem Arm.

»Was?«, frage ich und lege den kleinen Reiseführer beiseite, den ich vor lauter Langeweile überflogen habe.

»Schau mal raus. Wir landen gleich. Ist die Landschaft nicht wunderbar?« Sie zeigt aus dem kleinen, dick verglasten Fenster. Ich beuge mich möglichst umständlich über sie und erspähe weit unten Schnee und Eis, dazwischen zerklüftete Felsen und drum herum das Meer. »Wahnsinn«, rutscht es mir heraus, und das klingt nicht so sarkastisch, wie ich es gern hätte.

Ich habe nur einen Trailer von *Game of Thrones* gesehen. Ist auf Island gedreht worden. Rick, der in Englisch neben mir sitzt, hat mir haarklein erzählt, wie jemand einen von diesen Schattenwölfen und ein Pferd getötet hat. Mir ist sofort schlecht geworden. Wieso gucken Leute sich so was an? Staffelweise? Hat ihm irre Freude bereitet, mir die Einzelheiten auszumalen. »Ist doch bloß ein Film, Schnittlauch. Was bist du nur für ein Sensibelchen?! Alles Ketchup! Hat dir deine Mama das nicht erklärt?« Mara hat ihn für mich vors

Schienbein getreten. Ich kann es nicht leiden, wenn die Jungs mich Schnittlauch nennen. Aber aus Trotz habe ich mir damals die Haare noch mal nachgefärbt. Jetzt wächst das Grün langsam raus und verblasst.

Wir setzen zur Landung an, und ich habe Tränen in den Augen. Wegen eines computeranimierten Viehs, das ich nur zwei Sekunden in einem völlig verwackelten Filmausschnitt gesehen habe? Quatsch. Weil ich noch viermal nicht ausschlafen kann und dann wieder in die Schule muss! Und weil irgendwas von dieser eisigen Insel da unten ausgeht, das ich nicht verstehe. Für einen winzigen Moment habe ich den unverwechselbaren Geruch eines Pferdes in der Nase. Einen Duft, der längst verflogen sein müsste, obwohl er sich in mein Herz gebrannt hat.

Mir entfährt ein Geräusch, das meine Mutter offenbar als Seufzer interpretiert. »Hab ich doch gleich gesagt«, sagt sie zufrieden, bietet mir einen neuen Kaugummi an und lässt sich in ihren Sitz zurückfallen. »Island ist jetzt genau richtig.«

Eisig ist es. Was habe ich denn auch anderes erwartet in diesem Land? Nichts! Ich ziehe meinen orange-blauen Kuschelschal so hoch aus dem Kragen meines Parkas, dass er eine komplette Einheit mit Mütze und Jacke bildet, und warte. Wenn ich jetzt versuchen würde, meine Zehen in den Stiefeln zu krümmen, würden sie abbrechen und bei jedem Schritt als kleine Eiswürfel darin herumklirren. Abgefroren. Wie gut, dass ich nie in Betracht gezogen habe, Primaballerina zu werden. Das wäre es dann bereits mit der Karriere. Aus und vorbei. Im hohen Norden an den Winter verloren.

Mein Herz schlägt glücklicherweise eher für Pferde. Schlug, korrigiere ich mich. Reiten kann man auch mit abgefrorenen Zehen. Will ich aber gar nicht mehr. Das ist abgehakt. Niemand von meinen Freundinnen reitet noch. Aus dem Alter sind wir raus.

Ich stehe hinter einem verglasten Windschutz. Das ist der Wartebereich für die Transferbusse vor dem Flughafengebäude. Mom hat so ein Kurztrip-Island-Pauschal-Schnäppchen-Paket für uns erstanden. Mit Walbeobachtung und Nordlichter-Tour. Nur der Transfer zum Hotel war leider nicht mit drin. Den organisiert sie jetzt gerade, und das dauert anscheinend etwas länger.

Ob auf Island Koffer geklaut werden? Ich betrachte unser spärliches Gepäck zu meinen gefrosteten Füßen. Zwei Köfferchen in Kabinenmaßen, dazu mein Rucksack und Moms Laptoptasche. Sie kann nicht ohne. Aber das ist ein anderes Thema. Ich atme tief durch und bereue es sofort. Selbst durch zwei Schals hindurch habe ich das Gefühl, meine Bronchien überziehen sich mit Reif. Außer mir ist niemand so blöd, hier draußen herumzustehen. Also wird auch keiner was stehlen.

In einiger Entfernung sind ein paar Flughafenmitarbeiter mit dem Umladen von Sperrgepäck auf Rollwagen beschäftigt. Die wollen mit Sicherheit nicht noch mehr schleppen. Ich sehe mich um. Plattes Land, dazwischen Schneeverwehungen und Felsen und dann wieder: Weite. Eigentlich müsste man von hier das Meer sehen können. Meer mag ich. Auch auf Island.

Ich schenke unserem Zeug einen grimmigen Blick, so als wollte ich ihm einschärfen, sich nicht von der Stelle zu bewegen. Dann schlittere ich vorsichtig über den Asphalt auf die andere Straßenseite. Ein Stück weiter hört der Begrenzungszaun auf. Von da geht der Blick über Felder. Oder sind es Wiesen? Unter dem Schnee kann man das allenfalls vermuten.

Schön sieht das aus hier draußen. Magisch irgendwie. Menschenleere Weite. Wie geschaffen für … Ich bilde mir das Trommeln von unzähligen Hufen ein und wische schnell den Gedanken weg. Wo war ich? Pflanzen. Ich schätze, hier ist es viel zu kalt, um außerhalb von Gewächshäusern etwas anderes als Eisblumen anzubauen. Essen die hier oben nicht ohnehin nur Gammelhai und Knäckebrot? Ich zerre mein Smartphone aus der Jackentasche und nehme ein Video von der Umgebung auf. Zu blöd, dass man dafür die Handschuhe ausziehen muss.

Und dann entdecke ich sie.

Die plüschigen Hintern in den Wind gedreht, scharren sie mit kleinen Hufen die Schneedecke auf, um etwas zu knabbern zu finden: eine Gruppe waschechter Islandpferde.

Natürlich bleibt mein Blick an ihnen kleben. Ich bilde mir ein, dass sie mich ebenso neugierig betrachten. Mein Herz sticht wieder. Wie vorhin im Flugzeug. Ich spüre, wie es gegen die Schichten aus Pullover, Schal und Jacke klopft, als ob es rauswill. Aber ich lasse es nicht hinaus. Ich zwinge mich, den Blick zu lösen und mich abzuwenden. Mein Herz soll gefälligst bleiben, wo es ist. Und bloß die Klappe halten.

NORDLICHT

Ausgerechnet Island – Schnee, Eis und Kälte! Die 15-jährige Elin ist alles andere als begeistert, als sie mit ihrer Mutter nach Island reisen muss. Und dann ist auch noch ein Ausritt auf Islandpferden geplant! Dabei ist für Elin eigentlich ganz klar: Pferde und Reiten, das war mal! Doch als sie auf Island ankommt, spürt sie sofort eine besondere, geheimnisvolle Verbindung zu der Insel. Ein wunderschönes Pferdeabenteuer im Land der Elfen, Feen und Trolle mit einem Hauch Romantik!

Band 1: Im Land der wilden Pferde
ISBN 978-3-505-14126-3

Band 2: Im Bann der wilden Pferde
ISBN 978-3-505-14176-8

Band 3: Die Magie der wilden Pferde
ISBN 978-3-505-14231-4

Karin Müller
Nordlicht
Je 224 Seiten, gebunden
€ 10,00 [D]

www.schneiderbuch.de

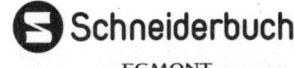

EGMONT

Friends &Horses

Ein Sommermärchen für Rosa.
Beste Freundinnen und erste Liebe verpackt in einem mitreißenden Pferdeabenteuer.

Band 1:
Schritt, Trab, Kuss
224 Seiten, broschiert
mit Klappe
ISBN: 978-3-505-13942-0

Band 2: Sommerwind
und Herzgeflüster
224 Seiten, broschiert
mit Klappe
ISBN: 978-3-505-13960-4

Band 3: Pferdemädchen
küssen besser
ca. 224 Seiten, broschiert
mit Klappe
ISBN: 978-3-505-14012-9

Chantal Schreiber
Friends & Horses
Band 1-3: € 10,00 [D]

Kinder lieben Schneiderbücher!

www.schneiderbuch.de

EGMONT